書下ろし

ソトゴト 謀殺同盟

森詠

祥伝社文庫

目次

第一章　裏捜査本部

1

雨が降りしきっていた。

梅雨の終わりの雨だ。

増上寺の境内の木立が風に揺れ、枝の葉が街灯の明かりを見え隠れさせ、ちらつかせていた。

大通りをヘッドライトがひっきりなしに過り、車の外を流れている。

舗道を歩く人は、深夜ということもあって、ほとんどない。

男は大通り沿いの駐車場に止めた車の中から、マンションの玄関先を見ていた。玄関先に人影はなかった。

雨は車のフロントガラスを濡らして流れていた。車のエンジンは切り、車内灯も消してある。舗道を通りすがる人間で、車に人が乗っているのに気付く者はいなかった。

男は手で覆うようにして煙草を喫った。

『車両視認』

インカムのイヤフォンに見張りの声が告げた。

男は灰皿に煙草の火を押しつけて消した。灰皿には吸い殻が山のように溜まっていた。

『到着確認』

イヤフォンに声が聞こえた。

白いプリウスが大通りから、マンションのアプローチに入り、玄関先に滑り込んだ。

助手席からスーツ姿の若い男が出て、後部座席のドアを開けた。

車の中から、ピンク色のドレス姿の女性が降り立った。ついで、その後から、ダークスーツの初老の男が降りた。玄関のライトの明かりに、ピンクのドレス姿の美しい女性と初老の男の姿が浮かび上がった。

助手席から先に降りたスーツ姿の男は、玄関先のドアの前に立ち、二人を中に導いた。

初老の紳士とドレス姿の女性は連れ立ち、エントランスに入って行った。

エレベーターの前で、若いスーツの男は二人にお辞儀をした。初老の紳士とドレスの女はエレベーターの中に消えた。

スーツの男はスマホに耳をあてながら、急ぎ足でプリウスに戻った。助手席のドアを開け、車に乗り込んだ。

プリウスは音もなく、右のウィンカーを点滅させ、大通りに滑り出した。

駐車場の車の男は、スマホの電源を入れた。

男は車を出て、駐車場の料金支払い機に向かい、ボタンを押した。千円札二枚を入れた。釣り銭のコインがいくつか戻った。男はコインを掴(つか)み、ポケットに入れた。車に戻り、エンジンをかけた。車は身震いして、エンジンがかかった。車止めのロック板が下りた。

男はマンションを見上げた。七階の窓に明かりが灯(とも)るのを確認した。

男は車を駐車場から出し、右のウィンカーを点滅させながら、大通りに車を入れた。車を走らせながら、スマホの通話ボタンを押した。

少し間(ま)を置いて、マンション上階でズーンという爆発音が響いた。七階の部屋の窓が閃光(せんこう)とともに吹き飛び、炎と煙が噴出した。爆発は夜の静寂を引き裂(さ)いた。

男はサイドミラーで、マンションの七階が炎上するのを確かめ、アクセルを踏んだ。

雨滴(うてき)がまた車のフロントガラスを叩(たた)きだした。

2

私服刑事はコンビニのレジの前に立った。カウンターにおにぎり三個、サンドウィッチ二個、お茶のペットボトル二本を置いた。

「全部で八百三十円です」

男の店員は商品を一つ一つ手に取り、値段を確かめながら、レジスターのキイを打ち、レジ袋に詰めた。

「42番も」

私服刑事はずらりと並んだ煙草の棚に目をやった。店員は振り返り、棚にある42番の煙草に手を伸ばした。

「四百五十円です」

「二個頼む」

「九百円です」

店員は煙草を二箱摑み、もう一つのレジ袋に入れようとした。

「そのままでいい。すぐに喫う。レシートはくれ」

店員は煙草やおにぎり、サンドウィッチをレジ袋に入れ、刑事に差し出した。刑事は煙草の箱だけをポケットにねじ込んだ。

「千七百三十円です」

刑事は財布から紙幣を二枚抜き出し、店員に手渡した。

男の店員はレジのキイを打ち、レシートと一緒に百円玉二個と十円玉七個を取り出して、刑事の手に渡した。

「ありがとうございます」

刑事は何もいわず、ポリ袋を受け取り、出口に向かった。自動ドアが音を立てて開く。

雨が店内に吹き込んだ。刑事の男はポリ袋を抱え、コンビニの前に停まっていた黒塗りのプレリュードに駆け寄った。助手席のドアの把手を取り、引き開ける。車内に潜り込んだ。

助手席の刑事は運転席の刑事に訊いた。

「おにぎりとサンドウィッチ、どっちがいいですか？」

「明太子のおにぎりだ」

「買い込んであります」

助手席の刑事は、ポリ袋からおにぎりを一個取り出し、運転席の刑事に渡した。

運転席の刑事は車が流れる大通りを見ながら、口でセロファンの包みを裂き、おにぎりを取り出した。

助手席の刑事は、お茶の入ったペットボトルを運転席の刑事に差し出した。

「後でいい」

運転席の刑事は前方の闇を睨みながら、おにぎりを頬張った。コンビニの駐車場の斜め向かいに、レバノン杉の生け垣に囲まれた古い白壁の洋館が建っていた。杉の木立の間から洋館の縦長の大きな窓が見える。窓はステンドグラスが入っており、中の様子を覗くことはできない。だが、窓ガラスは内部から照明で照らされているらしく、煌々と明るかった。屋内でパーティが開かれている様子で、先刻まで玄関に出入りする大勢の人影があった。

「………?」

運転席の刑事はおにぎりを食べるのを止め、双眼鏡を目にあてて、杉の木立の間から見える玄関先を覗いた。

「何です?」

助手席の刑事はサンドウィッチを齧りながら訊いた。

「野郎だ」

運転席の刑事は双眼鏡を差し出した。助手席の刑事は双眼鏡を受け取り、玄関先を覗いた。

正装した背の高い男が、パーティドレスを着た女性やホストらしい太った男に送られて玄関から出てきた。背の高い男は女性や太った紳士と何やら話をしている。

体格のいい大男が大きな蝙蝠傘を差し伸べ、背の高い男の上にかざした。

助手席の刑事はうなずいた。

「たしかにマル対（捜査対象者）ですね」

背の高い男は傘で隠れるようにして、玄関先のアプローチに止まった黒塗りのベンツに潜り込んだ。

「行くぞ」

運転席の刑事はおにぎりを咥えながら、エンジンを掛けた。プレリュードは身震いして生き返った。刑事は静かに車を出した。左にウィンカーを出し、素早く車道に車を入れた。速度を緩める。

黒塗りのベンツが洋館の庭から大通りに出て来た。

ベンツは刑事たちのプレリュードの前に走り込んだ。雨に濡れた路面に街灯やヘッドライトの明かりが反射して煌めいている。深夜近くとあって、大通りを走る車はあまり多くない。

刑事たちの車は、十二分に車間距離を開けて、ゆっくりとベンツを追尾しはじめた。

「野郎、帰るんですかね」

「だったら、方角は逆だ」

「じゃあ、どこに行こうというんですかね」

「たぶん、女のところだろう」

ベンツは交差点に差し掛かった。信号が赤に変わった。ベンツは静かに止まった。

刑事はベンツにあまり近付かぬよう気を付けながら、ベンツの後ろに車を止めた。

ベンツはウィンカーを出さずにいた。直進し、六本木方面に行くつもりだと刑事たちは思った。

信号が青に変わった。瞬間、ベンツは急発進し、ウィンカーも出さずに、右折をはじめた。タイヤの軋む音が響いた。

「野郎、ヅきやがったか?」

運転席の刑事は右のウィンカーを出し、ベンツの後ろに付けて車を走らせた。

その瞬間、ヘッドライトを消した大型トラックの黒い影が、対向車線を猛スピードで交差点に突っ込んできた。

大型トラックは、右折をしはじめていた刑事たちの車の左側面に突き当たり、車もろともに信号機の支柱を薙ぎ倒して止まった。

刑事たちの覆面パトカーは大型トラックに乗り上げられ、潰れて下敷きになった。車はどーんという爆発音を立てて炎上した。炎が立ち上り、通りを走っていた車が慌てて急停車したり、炎を避けて止まった。

ベンツは、何事もなかったように、通りの先の雨煙の中に走り去った。

3

六本木の高級ディスコ・クラブ「シャンハイ」のダンスフロアには、大音響のディスコ・ミュージックが流れていた。天井のミラーボールが、赤や青、黄や白の煌びやかな光をフロアに撒き散らしている。

華麗なドレスで着飾った女たちが、蝶ネクタイの正装の男たちを相手に、しなやかに手足を動かし、腰をくねらせて妖艶に踊っている。

吹き抜けになったフロアの二階にある金魚鉢のガラス・ボックスで、チャイナドレス姿の女性ＤＪが、軀でリズムを取り、黒髪を揺らしながら、レコードを回し、次々に曲を繋いでいく。

壁一面に、色とりどりのネオンが輝く上海(シャンハイ)の夜景が次々に映し出されていた。ライトアップされた外灘(ワイタン)、浦東(プードン)シャングリラ上海、黄浦江(こうほこう)越しに見える東方明珠塔(オリエンタルパールタワー)。夜空にいくつもの花火が射(う)ち上げられ、大輪(たいりん)の花を咲かせていた。

ボックス席の一つで騒ぎが起こった。ダークスーツの男たちが揉(も)み合い、ガラスのテーブルが粉砕(ふんさい)された。男たちの手には、拳銃が握られていた。

ボックス席の男たちと、別のグループらしいダークスーツの男たちが拳銃を向け合い、激しく撃ち合っている。だが、大音響のディスコ・ミュージックに紛(まぎ)れて、発射音はほとんど掻き消されていた。

やがて、数人のダークスーツの男たちは、拳銃を手に、一斉に出口に向かって引き揚げはじめた。店の黒服たちはダークスーツの男たちを止めることもなく、呆然と見送った。

ボックス席では、数人の男たちが蹲(うずくま)り、フロアに崩れ落ちている。クラブのホステスやウエイターたちが倒れた男たちに駆け寄った。ホステスが悲鳴を上げた。

だが、その悲鳴さえも、ディスコ・ミュージックは掻き消していた。ダンスフロアでは、騒ぎをよそに、男も女も無心に腰を振り、軀をくねらせて、ダンスに興じていた。

やがて、出入口から制服警官たちの一団がダンスフロアになだれ込み、踊り興じる人々を掻き分けて、銃撃があったボックス席に殺到した。その時になって、踊っていた人たちもようやく異変に気付いて、踊りを止めた。

ドレス姿の女たちは、ボックス席で血を流して倒れている男たちに気付き、硬直した。

あいかわらず、大音響のダンス・ミュージックが鳴り響き、壁には上海の美しい夜景が映し出されていた。

4

JR品川駅の東海道線のホームは、酒場帰りの微酔い客たちや勤め帰りの会社員たちで賑わっていた。

サラリーマン風の男は左手で耳のイヤフォンを押さえながら、エスカレーターでホームに降りて来た。男の目の先には、男女のカップルの姿があった。男と女は目配せし合い、次の電車に乗り込むことを決めた様子だった。

サラリーマン風の男は、酔っ払いの男たちに混じり、カップルから十数メートル離れて立った。目は油断なく、男と女の様子を窺っている。

『まもなく、…番線に小田原行き最終電車が参ります。危険ですので、黄色の線の内側に下がってお待ちください』

駅のアナウンスが聞こえた。

サラリーマン風の男は、さりげなく耳のイヤフォンに手をあてた。聞き取れないのか、耳に手をやったまま、あたりを見回した。

レールの轟音（ごうおん）を立てて、東海道線の電車が隣のホームに入って来る。

男ははっとして、カップルを探した。いない。先刻までいた付近には酔っ払いが群がり、カップルの姿はなかった。男は慌ててホームの端に立って、カップルの姿を探した。

電車が入って来る。

酔っ払いの群れの向こう側にカップルの姿を見付けた。男は素早くホームを移動しようとした。

その瞬間、黒い人影が男の軀に体当たりをかけた。男は不意を衝（つ）かれて、体勢を崩しホームの端でよろめいた。

轟音を立てて電車が走り込み、男を巻き込み、撥（は）ね飛ばした。男の体は酔客たちを薙ぎ倒し、ホームの柱に激突して転がった。

女の悲鳴が上がった。電車はブレーキ音を立てて、急停車した。

ホームの上に男は仰向（あおむ）けに倒れていた。男の頭部が割れて、真っ赤な血が噴き出ていた。

男に薙ぎ倒された酔客たちが、ようやくよろめきながら立ち上がり、騒ぎだした。

ホームを駅員たちが駆けて来た。

男を突き飛ばした黒い人影は、ホームの騒ぎをよそに、静かにエスカレーターに乗って立ち去った。

5

猪狩誠人は夢を見ていた。山本麻里を追いかけていた。

麻里は底無しの海に泳ぎ出ていた。暗黒の海溝が足元に拡がっており、猪狩はその上を漂っていた。もがけばもがく程、軀は深みにどんどんと落ちていく。息は詰まり、苦しくなる。あたりはだんだんと暗くなっていく。

「麻里！」

思い切り足で蹴り、水面に浮かび上がろうとした。大きく息をついて、目を覚ました。

どこかで非常ベルが鳴り響いていた。

火事か？

猪狩誠人ははっとして、ベッドから跳ね起きた。廊下のベルがけたたましく鳴り響いている。

また非常呼集か？　この一週間、連日出動訓練が続いていた。やっと昨日訓練終了と聞いたのに。

猪狩は枕元のスタンドのライトを点けた。

午前〇時。寝入って一時間も経っていない。

「全員、食堂に集合！」

廊下から怒声が聞こえた。

猪狩はパジャマを脱ぎ、急いで作業ズボンと作業衣に着替えた。ドアの外の廊下をばたばたと走る音が聞こえる。

猪狩もドアを開け、廊下に飛び出した。同僚たちに混じり、食堂に駆け込んだ。

食堂は公安機動捜査隊の寮では、一番広い部屋であり、時に集会室に変貌する。

食堂にはすでに隊長の大滝警部以下、幹部たちが仁王立ちしていた。公安機動捜査隊員たちは二列に並んでいた。猪狩は後列の左端に立った。

「整列！　右にならえ！」

班長の号令で、隊員たちは右肘を曲げ、隣との間隔を開けて並ぶ。

ばたばたと廊下を走る足音が響き、最後に坂井巡査が食堂に駆け込んで、猪狩の傍に立った。

「第一中隊十人、全員集合しました」

「第二中隊十人。集合しました。欠員なし」

第一班長と第二班長が報告した。

大滝隊長がじろりと隊員たちを見回した。

「よし。休め。そのまま聞け。一度しかいわぬ」

公安機動捜査隊員たちは緊張した面持ちで隊長を見つめた。

「つい先ほど、我が公安部のある班があいついで何者かに襲われ、班員が殺害された」

殺害された？

猪狩は驚いて隣の坂井と顔を見合わせた。ほかの隊員たちも騒ついている。

いったい、何が起こったというのだ？

大滝隊長は声を張り上げた。

「事案の詳しいことはまだ分かっていないが、ともかくも公安のあるチームが壊滅的打撃を受けた。これは我々公安警察に対する公然たるテロである」

班員たちは静まり返った。

公安へのテロ？　いったい、どういうことなのか？

猪狩は息を呑んで隊長の話に耳を傾けた。

「明日、所定の所轄署に捜査本部が立つ。公機隊は全員、捜査支援を行なうことになる。一班は直ちに本庁警備局に出動し、上の命令に従え」

大滝隊長は隊員たちを見回した。

「二班は別命あるまで寮で待機だ。なお、あらかじめいっておくが、これは演習ではない。戦争だ。出動にあたっては、全員防弾ベスト着用。拳銃も常時携行せよ。私からは以上だ」

大滝隊長は、それだけいうと班長たちに目配せした。

一班班長の大久保警部補が声を響かせた。

「一班、部屋に戻り、出動の準備をしろ。五分後、玄関ロビーに集合」

一班の隊員たちは、一斉に食堂から駆け足で出て行った。

熊谷班長が残った二班の隊員に向いた。

「二班も、各自部屋に戻り、私服に着替え、出動の準備をしろ。五分後に再度会議室に集合」

班員たちは大声で返事し、一斉に食堂から走り出た。

猪狩もほかの班員たちに混じって自室へ取って返した。

戦争だと？　いったい、何が起こったというのだ？

会議室のテーブルには、班全員がスーツ姿で席に着いていた。

テーブルの中央に隊長の大滝警部が憮然とした顔で座っていた。熊谷班長が隊員たち全員が揃うのを見ていった。

「これから隊長が話すことは、いっさい保秘だ。いいな」

猪狩はうなずいた。いいも悪いもない、保秘といわれれば、誰にも話さない覚悟をするしかない。

「これまで分かったことでは、警視庁本部公安部の舘野チームが何者かに一斉攻撃を受けた。舘野チームは公安部管理官の舘野忠雄警視が率いる極秘の作業班だった」

舘野忠雄警視については覚えがあった。

猪狩が機動隊として羽田空港に出動し、要点警備にあたった際に出会った警視ではないか。

大滝隊長は班員たちを見回した。

「舘野チームが、何を捜査していたかは、目下のところ保秘となっているので分からないが、明らかに敵からの逆襲だと思われる。第一には舘野チームの本拠のマンション一室が爆破された。舘野警視と奥さん、要員一人の計三人が死亡。少なくとも警備要員二人が重軽傷を負っている」

みな押し黙っていた。

「第二の件は、張り込み要員二人が乗った捜査車両が追尾中にダンプに正面衝突されて大破。二人は即死した。相手のダンプの運転手は逃亡。ダンプは数日前に盗まれたものだった」

大滝隊長は手元の報告書にちらりと目を落とした。

「第三に、マル対を追尾中の捜査員加藤(かとう)巡査部長がホームにいる時、入って来た電車に撥ねられて死亡した。ホームに設置してあった監視カメラに加藤捜査員を突き落とす不審な人物が映っていた。その不審者の人着(にんちゃく)(人相着衣)は不明、行方も不明だ」

大滝隊長は言葉を切っていった。

「第四に六本木のクラブでも、協力者と密談中の川上(かわかみ)巡査部長と佐々木(ささき)巡査の二名が銃撃されて死亡した。協力者(マルトク)一人も死亡。流れ弾で客や従業員にも多数負傷者が出ている。店の防犯カメラには、襲撃した男たち数人の姿が、映っていた。現在、鑑識が映像を解析中だ」

猪狩が手を挙げた。

「隊長、その四件は、みな関係があるのですか？」

「いずれの事件も、舘野チームの要員が犠牲者だ。だから、これら一連の事件は同一の犯人たちによって引き起こされたと見るべきだろう」

「犯人たちというのは、いったい誰のことなのですか？　舘野チームが調べていたマル被（被疑者）ということですか？」

「それも保秘だ」

「保秘？　そんなことをいったら、犯人たちの手がかりも掴めないではないですか？　舘野チームは何を追っていたのか、知っている人はいないのですか？」

猪狩が不満げに訊いた。大滝隊長はうなずいた。

「上は知っている。舘野管理官は、公安トップの命令で動いたのだからな。何を調べていたか、逐一報告を上げていたはずだ」

ポリスモードにメールの着信音が響いた。大滝隊長はポリスモードを取り上げ、ディスプレイのメールを読んだ。

「よし。公機隊二班は早朝、警視庁本部公安部に出頭。捜査本部のいくつかに分散参加することになる。それまで休んでよし」

熊谷班長が大滝隊長にいった。

「隊長、捜査本部のいくつかに分散参加というのは、どういうことですか?」

「捜査本部は一つではない、ということだ。事件ごとにばらばらに捜査本部を立ち上げるらしい」

熊谷班長は怪訝な顔をした。

「どういうことですかね」

「ともあれ、朝になれば分かる。今夜は、待機解除だ。朝から忙しくなる。みんな、少しでも眠っておけ。解散!」

大滝隊長は断を下したようにいった。

「解散!」熊谷班長も大声でいった。

猪狩たちは一斉に席を起ち、大滝隊長や熊谷班長に腰を折って敬礼をした。

6

ほんの少しうとうとしたところで、また猪狩はけたたましい非常ベルに叩き起こされた。

早朝出動は機動隊の生活のころによくあったので、さして驚くことではなかった。

「さあ、いくぞ」

猪狩は自分自身に気合いを入れた。今回は訓練ではない。

食堂では二班の隊員たちが、朝食を摂っていた。昨夜、出動した一班の隊員たちは、結局、朝まで寮に戻らなかった。

「デカ長、テレビのニュース、見ましたか?」

どんぶり飯を食べながら、坂井巡査が猪狩に、声をひそめて話し掛けた。

食堂にはテレビがあるが、画像は映っているものの、音声は落としてある。寮ではテレビを見ながら、ゆっくり食事をするという気風はない。

「いや、見ていない」

「何も報じられていないんですよ」

「何が?」

猪狩は生卵をかけたどんぶり飯を、箸で口に掻き込みながら聞いた。

「昨夜、舘野チームのアジト(拠点)が爆破された事件や六本木での要員殺傷事件などですよ。どこの局も報じていないんです」

「まさか。そんなことがあるかい」

班長の熊谷警部補が咳払いし、じろりと坂井と猪狩に目を向けた。坂井は首をすくめて、箸を口に運んだ。

寮の朝飯夕飯時には、私語が禁じられている。雑談などせずに、いつ何時でも飛び出せるように飯は早く終えろというのが、公機隊の決まりだった。警察官は早飯早グソ早煙草がモットーである。

猪狩は食堂の壁に架かったハイビジョンテレビに目をやった。ちょうどＮＨＫの朝の七時のニュースが流れていた。しかし、音声が消されているので、何を報じているのかは分からない。

女性キャスターの背後に国会の予算委員会の質疑の録画が流れていた。

「保秘ということでもみ消されたんですかね」

「まさか。いくら保秘といっても、マンションの部屋が爆発したんだろう？　それを放送局が報じないなんてことはないだろう」

「あ、あれですかね」

坂井が箸を持った手でテレビの画面を指差した。画面が夜景に変わり、マンションの窓から黒い煙が噴き出ている光景が映っていた。

ほかの隊員たちも食べるのを止めて、テレビを見た。

「音声を出せ」

さすがに熊谷班長も気になったのか、大声で指示した。テレビの近くにいた隊員がコントローラーを摑み、音量を上げた。

『……昨夜遅く、芝増上寺前のマンションでガス爆発と見られる火事があり、七階の二百平方メートルが全焼しました。消防庁の調べでは、火元となった焼け跡から、性別不明の焼死体五体が見つかったとのことです。消防庁と警視庁が合同で、火事の原因を捜査するとともに、遺体の身元の確認を行なっています……』

「ガス爆発だと？」

「五人も死んだ」

猪狩は坂井と顔を見合わせた。

『……ニュースを続けます。昨夜起こった六本木のディスコ・クラブでの拳銃発砲事件ですが、警察の調べによると、地元暴力団が対立する暴力団員と誤って客に発砲した可能性が高いことが分かって来ました。警察は、銃撃を受けて死亡した被害者三人の身元を調べています……』

猪狩は小声でいった。

「おいおい何だって？　被害者の身元が分かっていないないだと？」

「撃たれたのは、捜査員だったんじゃないのか？」

「いったい、どうなっているんだ？」

隊員たちは口々にいって騒めいた。

熊谷班長がコントローラーを掴み、電源をオフにした。画像が消え、画面が暗くなった。

「みんな、静かにしろ。早く飯を終えろ。十分後には、出発するぞ」

熊谷班長は大声で怒鳴り、立ち上がった。隊員たちは空になった丼や皿、味噌汁の椀を盆に載せ、食器洗い場の棚に運んだ。

十分後に出発と聞いて、猪狩も慌てて丼の飯を口の中に掻き込んだ。

猪狩は、隊員たちに混じり、マイクロバスに乗り込んだ。熊谷班長が助手席に座り、隊員たちが乗り込むのを監視していた。最後に遅れて来た坂井が車に乗り込み、ドアが閉まった。

マイクロバスはすぐに寮の前から動き出した。

マイクロバスは、表の通りに乗り出した。すぐに車の往来が激しい大通りに入り、車の流れの中に乗った。

「どこに行くんだろう？　本庁かな？」

坂井が猪狩に囁いた。

「いや、本庁ではない。行く方角が違う」

猪狩は小声で答えた。

マイクロバスは交差点を何度か曲がり、やがて西新橋の住宅地区に走り込んだ。

五階建ての古びたビルが、まるで周囲の高いビルに隠れるようにひっそりと建っていた。

ビルの玄関のガラスの扉は固く閉じられ、人のいる気配はなく閑散としていた。ガラスの扉には「五洋交易株式会社」と白文字で書かれていた。

玄関の庇の陰に監視カメラがあった。古びたビルの壁一面に、葉を生い茂らせた冬蔦が這い上がり、ビルを覆っていた。その蔦の葉陰にも監視カメラのレンズが隠れていた。

マイクロバスはビルの玄関前を通り抜け、地下駐車場への坂を下って行った。

マイクロバスが地下駐車場に入るとすぐに、出入口のシャッターが静かに下りた。天井の照明が点灯し、駐車場を明るく照らした。

駐車場には、セダンやスポーツカー、軽ワゴンからピックアップまで色々な車種の車両がずらりと並んでいた。

マイクロバスは出入口の前に止まった。守衛室から年寄りの警備員が現われ、マイクロバスを迎えた。

熊谷班長が助手席から下り、老警備員と一言二言言葉を交わした。老警備員はうなずき、守衛室に戻って行った。

熊谷班長が車内に大声でいった。

「全員降車。エレベーターで、すぐに四階に上がれ」

隊員たちは命じられるままに、ぞろぞろとバスから降り、二基のエレベーターの前に集まった。

一基のエレベーターの扉が開いた。熊谷班長が率先して、エレベーターに乗り込んだ。定員は八人。猪狩と坂井は乗り損ねて、もう一基のエレベーターを待った。

坂井が囁いた。

「デカ長、ここは何ですかね」

「おそらく、秘密のアジトだろう」

「デカ長、公安にも秘密のアジトがあるんですね」

「坂井、デカ長デカ長と呼ぶのはやめろ。すぐに警察官だと分かってしまう」

「じゃあ、チョウさんというのはどうです?」

猪狩は天井の隅に付いているガラスの球体を見上げた。監視カメラのレンズが鈍く光っている。

「まあ、いいだろう」

エレベーターが四階で止まった。

扉が開いた。先に降りた隊員たちは、すでに向かいの部屋に入っていた。目付きの鋭い男がドアの前に立っていた。

男は猪狩と坂井に顎で部屋に入れと促した。

猪狩は部屋に入った。

〇八〇〇時。

部屋にはパイプ椅子が並び、三、四十人が詰め掛けていた。熊谷班の隊員たちは後ろの席に陣取っていた。

猪狩と坂井が空いていた席に座ると、それを合図にしたように、正面の壇上に立った男が声を張り上げた。

「一昨日から昨夜にかけて起こった爆弾事案や謀殺事案については、みんなも周知のことだろう」

猪狩は、はっとして壇上に立つ制服姿の幹部警察官に目をやった。

警察庁警備局理事官。真崎武郎（まさきたけろう）警視正だ。猪狩に目をかけ、公安に呼んだ幹部だ。

真崎理事官は声を落とした。

「まず、いっておく。本部の発表では、マンションのガス爆発事故となっているが、本当はガス爆発ではない。爆弾テロだ」

捜査員たちは騒めいた。

「覆面ＰＣ（ポリスカー）に暴走ダンプが突っ込んだのも、故意によるもので、単なる右直（うちょく）事故ではない。これもテロだ」

捜査員たちがどよめいた。

「さらに六本木のクラブでの銃撃は、やくざのカチコミではない。最初から捜査員や協力者を狙ってのテロだ」

真崎理事官はみんなの動揺を静めた。

「ほかに品川駅では捜査員一人がホームから突き落とされ電車に撥ねられて死んだ。さらに、帰宅中の捜査員一人が乗用車に轢（ひ）き逃げされて、死亡したことが判（わか）った。これら五件の真相はすべて伏せられ、普通の事故として報じられている」

真崎理事官は一呼吸ついてからいった。

「これら一連の事件により、残念ながら、警視庁公安部管理官舘野忠雄警視以下、舘野チームの要員十一名が殉職し、協力者一名が亡くなり、要員三名が重軽傷を負っている。今後も、さらに被害者が増えるかもしれない。なお、この他に、要員一人が行方不明になっている。状況から考え、敵に拉致されたものと思われる」

会場が騒めいた。

「これら一連のテロは、いずれも舘野チームを狙ったもので、同一犯行グループによって引き起こされたテロだ。なお、今日中には、それぞれ事件が起こった地域を管轄する所轄署に各事件の捜査本部が立ち上げられる」

真崎理事官はじろりと集まった公安捜査員たちを見回した。

「同一犯行グループの仕業であると分かれば、捜査本部は一つ立ち上げればいいのだが、いまはある事情があって、そうはならない」

会場がまた騒めいた。

「襲われた舘野チームは、ここで明らかにはできないが、国家機密にかかわる極秘の作業を行なっていた。それが暴露されると、我が国の安全保障が危うくなるばかりか、国益に反することになる。そのため、これから立ち上がる捜査本部にも舘野チームの活動については最小限の情報しか提供しない。その大部分は保秘されることになる」

会場は静まり返った。

真崎理事官は鋭い目で捜査員たちを見回した。

「なにより重大なことは、我がチームの女性要員一人が敵側に拉致されていることだ。もし、殺されていればともかく、その要員が生きていたら重大な国家機密が敵側に洩(も)れかねない。そのため、七十二時間以内に、なんとしても要員を救出せねばならない」

真崎理事官は一度言葉を切り、捜査員たちを見回した。

ちなみに七十二時間というのは、秘密作戦に従事する公安捜査員が、万が一敵に捕まって、どんなに苦しい拷問(ごうもん)を受けても耐えるよう命じられている時間だ。その七十二時間内に、公安は洩れては困る秘密を始末したり、最小限に損害を押さえ込まねばならない。つまり、七十二時間を過ぎたら、捕まっている要員が口を割っても止むを得ぬとしてある。

真崎理事官は腕時計に目をやった。

「すでに要員が拉致されて、九時間十一分が経過した。あと六十二時間四十九分で、時間切れだ」

会場が騒ついた。

「表の捜査本部には、要員が敵の手に落ちたことは保秘として知らせない。知らせない以上、捜査本部は敵に捕まっている要員について捜査しないし、奪還(だっかん)や救出もしない。従って、敵に拉致された要員の捜索と奪還は、すべて我々裏捜査本部がやらねばならない責任がある。諸君も、そのことを肝に銘じておいてくれ」

表の捜査本部とは違う、公安の裏捜査本部？　そんなことをやるというのか。

猪狩は隣の坂井と顔を見合わせた。

真崎理事官は大声でいった。

「裏捜査本部は、私が直接指揮を執る。副本部長は、すべての報告は、黒沢管理官に上げろ」

真崎理事官は隣の椅子に座った制服姿の男に目を向けた。男はゆっくりと立ち上がった。

「黒沢だ。理事官から聞いたな。今後、情報はすべて私に上げろ。いいな」

「はいッ」

公安捜査員たちは声を揃えて返事をした。

猪狩は黒沢管理官を注視した。

黒沢管理官は金縁眼鏡を掛けた神経質そうな顔立ちだった。唇が薄く、目が細い。いかにも陰湿な印象の男だった。

真崎理事官が続けた。

「ここに集まった諸君は、顔を見るのが初めての者もいるだろう。今回は、私の真崎チームだけでなく、黒沢チーム、浜田チームも加わっている。さらに、応援に実働部隊である公安機動捜査隊にも来て貰っている。熊谷班長、みんなを紹介してくれ」

真崎理事官は熊谷班長を手で指した。公安捜査員たちが一斉に振り向き、熊谷班長を見た。

「第二班、起立！」

熊谷班長の号令がかかり、猪狩たちは一斉に立ち上がった。

「よろしく」

猪狩たちは腰を折って敬礼した。

真崎理事官は続けた。

「要員奪還は、裏の我々がやるが、表の捜査本部にも、うちから捜査員を派遣しなければならない。表の捜査本部も、利用できるものは、すべて利用する。刑事局の動きを知っておかねばならん。派遣する捜査員については、黒沢管理官が振り分けて指名する。いいな」

黒沢管理官が立ち上がった。

「時間がない。これから指名する者は、直ちに所轄署に駆け付け、捜査本部立ち上げに加われ……」

黒沢管理官は手元のリストを見ながら、名前を読み上げはじめた。

名前を呼ばれた公安捜査員たちは次々に立って、部屋から出て行った。

真崎理事官が猪狩を指差した。

「猪狩、ちょっと来てくれ」

「はいッ」

猪狩は飛び上がるように立った。班員たちが何事かと猪狩を見ている。

真崎理事官は猪狩に背を向け、部屋から出て行った。猪狩は慌てて真崎理事官の後を追った。

真崎理事官は隣の執務室に入った。

「猪狩、そこに座れ」

猪狩は部屋の中のソファに座った。向かい側のソファに真崎理事官がどっかりと座った。

「きみにやって貰うことがある」

「何でしょう？」

「人質を奪還するんだ。それも、あと六十二時間以内に」

「どうして、自分が」

「拉致されたのは、きみも面識がある飯島舞衣警部補だ」

「飯島警部補が……」

猪狩は、公安訓練の最終テストの視察訓練を思い出した。

公安用語の「視察」は「監視」「張り込み」を意味する。猪狩が命じられた視察訓練のマル対（視察対象者）になったのは、同じ公安捜査員の飯島舞衣警部補だった。もちろん、当時、猪狩には飯島舞衣が公安捜査員とは知らされておらず、一般人のサラリーウーマンとされていた。猪狩は飯島舞衣の美しい顔立ちや姿を思い出した。

「飯島警部補は、私の直属の部下だ。なんとしても敵の手から救け出したい」

真崎理事官はテーブルの上の封書から中身を抜き出し、猪狩の前に置いた。

「これは飯島警部補の身上書や身元に関する調査資料だ。きみが訓練で行なった視察報告書も入れてある」

猪狩は、テーブルに置かれた飯島舞衣の身上書や身元調査などの資料を手に取って目を通した。住民票や戸籍謄本、身元調査書、行動確認調査書、銀行口座、クレジットカード履歴なども混じっていた。

「きみの目の前で、彼女は一度何者かに拉致されかけた。きみは、その犯行グループの唯一の目撃者だ。きみは、彼らの顔を覚えているな」

「はい。彼ら三人組の人着は覚えています。あの犯行グループがまた彼女を拉致したというのですか？」

「私は、そう見ている。前回は、たまたま、きみがいたので拉致に失敗したが、再度、彼女を襲ったのだろう」

「理事官、彼女は何をしていたのです？　狙われる理由は何なのです？」

「飯島は、私の指示で動いていた。何をしていたかは保秘だ」

真崎理事官は、静かにため息をついた。

真崎も保秘の壁にぶつかり、公にできない任務があるため、人にいえない苦労をしているのだろう。

「また保秘ですか。飯島警部補が、どのような使命を受けて、何を捜査していたのかが分かれば、それを邪魔する敵が分かり、手がかりを得ることができるのですがね」

「いいだろう。飯島が何をしていたのかは話そう。彼女は私の指示で舘野チームと接触し、彼らが何を捜査しているのか調べていたのだ」

猪狩は驚いた。

「理事官は舘野チームが何を捜査しているのか、ご存じなかったのですか？」

真崎理事官はうなずいた。

「公安各チームは、いずれも自分たちが何を追っているのかは保秘にしている。だから、互いの存在は知っていても、作業内容については何も知らない。知っているのは各班の直属の上官だけだ。舘野チームの直属の上官は警備局長の柄沢忠士警視監だ」

「では、柄沢警備局長は舘野チームが何をしているのか、知っていたのですね」

「その通りだ。我々は警備局長から、時々出される情報で、おおよそのことを判断しなければならない。それとて、保秘がかかっているが」

猪狩は呆れ返った。

「また保秘ですか。あれも保秘、これも保秘では、これから立ち上げられる捜査本部は、捜査に困るでしょうね。舘野チームが何をしていたか分からないとなれば、なぜ、犯人たちに狙われたのか理由が分からない。犯人たちを追う手がかりは爆弾の破片や銃弾の薬莢が残した物証とか目撃証人だけになる。理事官、目隠しして犯人を追えというのですか？」

真崎理事官は苦々しく笑った。

「いま、警察庁長官や警備局長らトップが、保秘を解くかどうかを検討している最中だ。それを待っていたら、貴重な時間が失われる。最悪の場合、犯人たちは、飯島から必要な情報を取ったら、用済みとして彼女を殺すだろう。そうならぬうちに、なんとしても我々が彼女を奪還せねばならないのだ」

「保秘だとは分かりますが、飯島警部補の命がかかっているのです。保秘ではない、ぎりぎりの情報を教えてください。舘野チームは、何をやっていたのですか？　何を追っていたのですか？」

真崎理事官は腕組みをし、いったん、目をつむって、考え込んだ。猪狩は真崎理事官が口を開くのを待った。

「分かった。私の知っていることを話そう。だが、他言は無用だ」

「はい。分かっています」

「舘野チームは、中国の諜報活動の調査を担当している。その舘野チームから、上を通さず、密かに私に応援要請があったのだ」

「上を通さずに応援要請ですか？」

「そうだ」

通常、応援要請は現場から、いったん上にあげられる。そこで、上から他のチームに応援要請がかかる。応援要員をどの作業班に何人出せとか、何をどう支援するのかなど、上の命令がないと、通常、ほかのチームは動けない。

「上を通してはまずいことが何かあったのですかね」

真崎理事官はじろりと猪狩を睨んだ。

「うむ。おそらくそうだろう。上を通すと、情報が洩れる恐れがあるということだ」

「警察上部に、もしかして、内通者がいるというのですか？」

猪狩は声を落とした。

真崎理事官は頭を振った。

「それは分からない。舘野チーム長は、情報を上げるのを、なぜか躊躇(ちゅうちょ)していた。それを聞き出そうとして、彼に会おうといった。だが、私と直接会うのが、もし、上に分かったら、まずいことになるということで、腹心の部下である飯島を彼に接触させた。彼女を通して話を聞こうとしたのだ。彼女が舘野チーム長と直接会った直後に、敵の攻撃が始まった」

「飯島警部補は舘野チーム長と何度か会ったのでしょう？　その報告はなかったのですか？」

「無論、彼女から報告があった。だが、電話で話すにはあまりに重大すぎる秘匿(ひとく)情報だということで、飯島が昨夜、ここに来て、私に口頭で報告する予定だった」

「飯島警部補は、いつ、どこで拉致されたのですか？」

「昨夜、ここへ来る途中で、どこかで拉致されたらしい。いま私のチームに飯島の足取りを追わせ、いつ、どこで拉致されたのかを捜査させている最中だ。まだ報告は上がって来ない」

ドアにノックの音が響いた。

「ボス、大沼です」

ドア越しにくぐもった声が聞こえた。

真崎は大声でいった。

「入れ」

「入ります」

のっそりとやや猫背の男が入って来た。無愛想な顔付きの男だった。眉間に小さな縦皺がある。ぎょろ目で猪狩を一瞥し、その場の状況を見て取ったようだった。

「何かご用ですか？」

「大沼、この男は知っているな」

「はい。新潟県警の猪狩巡査でしたね」

大沼と呼ばれた刑事は、猪狩を斜めに見据えて答えた。

自分のことを知っている？

猪狩は素早くこれまでの過去の記憶を探った。猫背でぎょろ目、眉間に縦皺。どこかで見たことがある。そうか。新潟にいた時、あの雪の日の夜だ。

古三沢忠夫が死んだ現場に、真崎と一緒に乗り込んできた二人の刑事たちの一人だ。

「ははは。猪狩は、いまは昇進して巡査部長だ。それに、新潟県警ではなく、いまは公安機動捜査隊員だ」

「へぇえ」大沼は鼻の先で笑った。

真崎理事官は猪狩に顔を向けた。

「猪狩、今回は、沼さんと組んで、飯島警部補の捜査にあたって貰う。きみは沼さん、いや大沼巡査部長からいろいろ教えて貰え」

「はいッ。先輩、よろしくお願いします」

猪狩は大沼巡査部長に頭を下げた。

「ボス、勘弁してくださいよ。尻の青いやつの面倒をみるのは苦手です。ほかのやつに回してくださいな」

大沼は猪狩の顔も見ずに冷ややかにいった。

真崎理事官は真顔で大沼の言い分を撥ね除けた。

「だめだ。猪狩は、いずれ、うちのチームに入れるつもりだ」

「いくら、ボスの命令だといっても、うちのチームにはチームの掟がありますよ。それを守れるやつか否か、分からないやつを入れるのは反対ですね。チームの結束が破れちまう。それでもいいんですか？」

「この男が必要なのだ。沼さん、お試し期間として、こいつを視てくれないか。もし、どうしても、沼さんのお眼鏡に適わなかったら、うちのチームに採用しない」

「でも、ボス、飯島を救け出せるかどうか、というときに、素人の新米を押しつけられたら、捜査の足手纏いになりますぜ」

「沼さん、猪狩は、視察実習で飯島を視察対象として行動確認をした。飯島が三人組に拉致されかけたとき、こいつが阻止した。そのとき、犯人たちを目撃している」

「ああ、あんときの公安刑事失格野郎ですかい」

大沼はにやっと笑い、侮蔑の目で猪狩を見た。

「だが、飯島は助かった。拉致しようとした犯人たちも見ている。そうだな、猪狩」

「はいッ」

「犯人たちの顔、人着は覚えているな」

「はいッ。覚えています」

猪狩は大沼を見返した。大沼はため息をついた。

「沼さん、そういうことだ。飯島捜索には、きっとこいつが役立つはずだ」

「おれ、厳しいですよ。これまで、ボスから預けられた野郎は全員追い出したじゃないですか。それでもいいんですかい？」

「いい。こいつは骨がある。きっといい公安刑事（デカ）になる」

「こいつが、はたして、ボスの期待通りになるかどうか」

大沼はぎょろ目でじろりと舐め回すように猪狩を見た。

猪狩は緊張し、胸を張り、大沼の無遠慮な視線を受け止めた。

「おい、新米。おれは大沼彦次郎（ひこじろう）だ。公安に入って十七年だ。階級は同じ巡査部長だが、公安刑事（デカ）に階級は関係ないぞ。公安事件の場数をどのくらい踏んでいるか、だ。分かっているな？」

「はいッ」

「いっておくが、おれは本当に厳しい。徹底的にしごく。特に今回は飯島の生き死にが懸かっているんだ。甘いことは許さない。いいな」

「覚悟しておきます」

猪狩は嫌味（いやみ）な先輩だな、と心の中で思ったが、顔には出さなかった。

「猪狩、きみと沼さんは、裏捜査本部の別働隊として、直ちに飯島の足取り捜査をやってくれ。特命だ。いいな」

「はいはい、ボス」

「はいッ。理事官」

大沼と猪狩は立ち上がり、真崎に腰を折って敬礼した。

第二章　人質捜索

1

午後一時（一三〇〇(ヒトサンマルマル)）。

裏捜査本部の緊急捜査会議が始まった。

ずらりと長机やパイプ椅子が並び、すでに捜査員たちは席についていた。

後から部屋に入った猪狩は、大沼とともに、最終列の椅子に座った。公安機動捜査隊の同僚たちは、左側の一角に整然と座っている。

正面の長机の中央の席に黒沢管理官が座っていた。背後の扉が開き、真崎理事官が入って来た。

真崎は黒沢の隣の椅子に座り、ちらりと黒沢に目をやり、うなずいた。黒沢は声を張り上げた。

「では、会議をはじめる」

真崎の左隣に黒沢管理官、さらにその隣に公安機動捜査隊の大滝隊長が渋い顔で腕組みをしている。

真崎の右隣には浜田管理官、さらにその隣にSSBC（捜査支援分析センター）の守屋副所長の姿があった。

黒沢管理官は手元の捜査資料に目をやりながら、拉致された飯島舞衣の足取りについて報告した。

「飯島舞衣、年齢三十歳。早稲田大学政経学部卒。準キャリアとして警察庁に入庁、警備局に配属されていた。階級は警部補。なお、飯島は広告代理店『KOUKAI』に出向していた。飯島は身分を隠して、広告企画制作部コーディネーターとして勤務していた……」

猪狩は真崎理事官から渡された捜査資料をめくった。視察訓練で猪狩が彼女のことを調べあげた視察報告書も入っていた。

あれ？　飯島の年齢が違っていた。猪狩は苦笑した。視察訓練用のデータでは、彼女は二十六歳とあった。きっと彼女自身が年齢を偽って申告していたのだろう。

猪狩は視察の結果、自分が作成した視察報告書に目をやった。

「本人は、独身。恋人は外資系の貿易商社勤務の男でトーマス栗林。三十四歳。日系アメリカ人だ。昨年秋、本人はトーマス栗林と知り合ったらしい。詳細は不明だ。この男の身辺も洗って、一応、潰しておけ」

猪狩は、なんだ、麒麟じゃないか、と思った。視察訓練中、飯島がデートをしていた相手の背が高い男だ。顔が小さく、首が長く、手足も標準よりも長く見える。甘いマスクの美男子だった。猪狩は僻み半分もあって、勝手に「麒麟」と符号を付けた。

「飯島は昨夜、このトーマス栗林とホテルニューオオタニの高級レストラン『エグゼクティブハウス　五山』で会食、その後、ホテルのラウンジバーで酒を飲んだ。飯島は午後十時ごろ男と別れて、ホテルからひとりでタクシーに乗った。タクシーは法人の国際か大和だ。これも洗い出しておけ。GPSの位置情報記録によると、彼女が乗ったタクシーは都心環状線から首都高1号羽田線、神奈川1号横羽線と乗り継ぎ、横浜みなとみらい出入口で下りた。飯島はランドマークタワー前でタクシーから下りた。目的は不明だ。その後、飯島のGPS位置情報はランドマークタワーの建物から、横浜美術館方面に抜けて消えた」

黒沢は捜査資料から顔を上げ、捜査員たちを見回した。

「おそらく、このランドマークタワーや横浜美術館周辺で飯島は襲われ、車に乗せられて、拉致されたものと思われる」

捜査員たちは騒めいた。

「県警の公安機捜（機動捜査隊）が駆け付け、横浜みなとみらい地区、ランドマークタワー周辺の監視カメラや防犯カメラなどの映像を回収し、ＳＳＢＣで解析中だ。これまで分かったところによると、横浜美術館前の道路で不審な動きをしている人影とミニバンを発見した。これが、その映像だ」

背後のハイビジョン・モニターに薄暗い映像が映し出された。

「これについては、守屋副所長から報告して貰おう」

ＳＳＢＣの守屋副所長が、後ろに掛けられたモニターを振り向きながらいった。

「この映像をよく見てほしい」

スクリーンの隅に車のヘッドライトが過った。黒い車の影がちらりと見え、誰もいない街路が映っていた。

「午後十一時を回っており、街灯の明かりだけによる映像なので、やや不鮮明だ。だが、これを画像処理すると」

映像が急に明るくなり、画面の右隅にミニバンの車体が浮かび上がった。車の陰で二、三人が揉み合う様子が見えた。ついで、車内のライトがかすかに点灯し、黒い麻袋を被せられた人影が見え、車は急発進して画面から消えた。

映像が小刻みに戻され、車内で袋を被せられた人影で停止した。麻袋を被った人影を両脇から押さえるかのような男の人影が見える。

画像が拡大された。粒子が粗くなり、鮮明な人影ではない。

「これが精一杯だ。これ以上鮮明にはならない」

猪狩は、袋を被せられた黒い人影の両脇にいる朧な男の影に目を凝らした。

「袋を被せられた人影が、飯島かどうかはっきりとは確認できない。だが、飯島である可能性が極めて高い。犯人たちは両脇の二人のほか、ミニバンの運転手がいる。実行犯グループは、三人と見られる」

猪狩は、あいつらだ、と内心で思った。

マル対の飯島舞衣の行動確認をしていたとき、自分のほかに飯島を尾け回していた三人がいた。その三人が飯島を、猪狩の目の前で拉致しようとしたので、止むを得ず、それを阻止した。あのときと同じ三人だ、と猪狩は確信した。

「当該ミニバンのナンバーは、まだ映像から読み取れないでいる。そのため、当該ミニバンについて、周辺のコンビニの防犯カメラや監視カメラ、Nシステムのデータを集めて解析し、犯行グループの後足を追っているが、いまだ不明だ」

「管理官！」

猪狩は立ち上がった。黒沢管理官は猪狩の顔を見た。

「質問は後にしろ」

「そのミニバンのナンバーに心当たりがあります」

「なんだと」

黒沢管理官は守屋副所長と顔を見合わせた。

捜査員たちは騒めき、大勢の視線が猪狩に向いた。真崎理事官が黒沢に顔を寄せ、何事かを囁いた。黒沢はうなずいた。

「いってみろ」

「飯島主任は、自分が視察作業訓練をしている最中、目の前で一度拉致されかけました。その際も犯人は三人で、使われた車はミニバンでした」

黒沢は真崎理事官と顔を見合わせた。守屋副所長は浜田管理官と言葉を交わしている。

猪狩は続けた。

「実行犯グループの三人は、同一犯だと思われます」

「三人を目撃したのか？」

「はい。目撃しました」

会場が騒めいた。黒沢は苦虫を嚙んだような顔で訊いた。

「なぜ、そのとき、その連中を取り押さえなかった?」

「指導教官から、視察訓練中にマル対に何が起こっても、絶対に手を出すなと厳命されていました」

会場に失笑が起こった。

「ですが、自分は我慢できず、教官の命令に背き、飛び出してマル対の飯島主任を助けました。三人は拳銃や刃物で武装しており、そのときには、マル対を助けるだけで精一杯でした」

真崎理事官が笑みを浮かべながら、また黒沢に囁いた。黒沢はうなずいた。

「猪狩、では、三人の人着について、報告してくれ」

「管理官、自分の視察報告書はすでに提出してあります。報告書に犯人たちの人着人定を詳しく書いてあります。あわせて、当該ミニバンのナンバーについても」

会場が騒めいた。資料をめくる音が立った。

黒沢も守屋副所長、浜田管理官とともに、慌ただしく手元の捜査資料をめくり、猪狩の視察報告書を探した。

やがて、黒沢は報告書を見付け、じろりと猪狩に目を向けた。

「これか？　ミニバンのナンバー、品川302……、トヨタの黒い塗装車」

「はい、それです」

「緊急手配は要請しなかったのか？」

「直ちに一一〇番通報し、緊急手配を要請しました。犯人たちは、拳銃を持っている、厳重警戒されたし、と手配情報を付けて。しかし、マル被たちが乗ったミニバンは、半径十キロ圏内の緊急手配にもかからず、逃走してしまいました」

捜査員たちがまた騒めいた。

黒沢は隣の守屋副所長と小声で言葉を交わした。守屋は近くにいたSSBC要員を呼んだ。要員は急いで守屋に寄った。守屋は何事かを指示した。要員は慌ただしく会場から出て行った。

黒沢管理官も部下を呼び、その場で何事かを指示した。

黒沢は苦笑いしながら猪狩にいった。

「きみが目撃したミニバンのナンバーを、いま管内全域に緊急手配させた。それから、きみが視察訓練で上げた情報を、SSBCで再度精査する。いいな」

守屋副所長がため息混じりにいった。

「マル被が幹線道路を使っていれば、必ずN（Nシステム）に引っ掛かり、逃がすはずはないのだが。ともあれ、一昨夜だけでなく、きみが視察訓練をした日の幹線道路のNや防犯、監視カメラの映像を採集し、再度分析させよう。時間がかかるが、絶対に敵の後足（あとあし）を見付ける」

守屋副所長は決然とした顔で締め括（くく）った。

黒沢管理官が後を引き取った。

「飯島が拉致された状況だが、その後、飯島のポリスモードが壊れた状態で、横浜美術館付近の道路脇から見つかった。飯島は襲われた際に、とっさにポリスモードを投げ捨てて壊したものと思われる」

ポリスモードは、刑事や幹部警察官の専用スマホだ。犯行グループにポリスモードを奪われると、警察の捜査情報が洩（も）れる恐れがあった。飯島はとっさにポリスモードを捨てて敵の手に渡らぬようにしたのだ。

「飯島は個人用としてケータイを所持していた。そのケータイのGPS位置情報によれば、拉致された後、横浜市内各所を動き回り、現在、東名阪神（とうめいはんしん）高速道路を西に向かっている」

黒沢管理官は言葉を切り、手元のペットボトルのお茶を飲んだ。

「飯島はホテルニューオオタニを出る前、理事官に『田村町(たむらちょう)』に向かうとメールをしていた。それなのに、なぜ、タクシーでここへ来ず、横浜くんだりまで行ったのか?」

公安の隠れ会社『五洋交易株式会社』がある西新橋は、旧町名が『田村町』だった。そのため、公安捜査員たちは本拠(ほんきょ)を呼ぶとき、旧町名の『田村町』と呼んでいた。

「もしかすると、飯島はホテルを出る際に、重要なマル対(捜査対象者)を見かけ、急遽追尾(きゅうきょついび)をはじめたのかも知れない。飯島の足取り捜査と救出は真崎理事官のチームが中心になって行なう。黒沢チームと公機捜は真崎チームを直掩(ちょくえん)し、敵の正体を曝(あば)くのに全力を挙げる」

黒沢は真崎理事官の顔を見た。真崎は大きくうなずいた。

「何か質問はあるか?」

黒沢管理官は捜査員たちを見回した。捜査員の一人が声を上げた。

「管理官、飯島主任は、いったい、何の捜査をしていたのですか?」

「それは保秘(ほひ)だ。そうですな?」

黒沢は隣の真崎理事官を見た。真崎が答えた。

「一応保秘だ。だが、飯島は何の捜査もしていない。飯島は私の直属の連絡アタッシェだった。私の命(めい)で、各チーム長との連絡にあたっていた。だから、各チームの事情にはある程度通じている。そのため、犯行グループは、事情通として飯島を捕らえて、こちらの工作の事情を聞き出そうとしているものと思われる」

　捜査員の一人が手を上げた。黒沢が指名した。

「管理官は、さきほど飯島主任がホテルを出る際に、誰か重要なマル対を見付け、急遽追尾をはじめたのではないか、といってましたが」

　真崎理事官が答えた。

「あくまで、それは黒沢管理官の推測だ。もしかすると、急に誰からか呼び出しがあったか、個人的な用事を思い出し、ここへ来る前に横浜に回ったのかも知れない」

「管理官」

　別の捜査員が手を上げた。

「舘野チームの生き残り三名からの事情聴取はできたのですか？」

「残念ながら、二人はまだ意識不明だ。残る一人も意識はあるが、重体で口がきける状態ではない。彼らが回復すれば、敵の正体が分かるのだが、いま科捜研が壊れたパソコンのデータを復元したり、焼け残っていた資料を集めて調べているところだ」

　捜査員たちは騒めいた。

「理事官、舘野チームの工作が保秘ということですが、それでは誰が敵なのかはっきりしません。この際、我々だけでも……」

真崎理事官は手で騒ぎを制した。

「こうしている間にも、飯島は拷問されているかもしれない。一刻も早く、彼女を救出するため、各自捜査にかかってほしい」

「そうはいっても……」

「保秘ばかりでは動きが取れないではないですか」

捜査員たちは口々に喋りだした。

「猪狩、行くぞ」

猪狩は肩をぽんと叩かれた。大沼が猪狩に目配せした。

「会議をいくらやっても、飯島は見つからんぞ。時間がない。まずは動けだ。来い」

「は、はい」

猪狩は席を立ち、大沼の後を追った。ちらりと振り返り、雛壇の真崎理事官たちを見た。真崎は目で猪狩に行けといっていた。

2

大沼は階段を駆け降りた。地下駐車場に出ると、守衛室の窓から老警備員が顔を覗かせた。大沼は老警備員に親しげに手を上げた。

「一台、頼んます」

「あいよ」

老警備員は大沼と顔見知りらしく、何もいわずに壁に掛けてあったキイを外して、大沼に手渡した。

「書類は？」

「あとで」

「しようがないな。大事に乗ってくださいよ。これ直したばかりなんだから。沼さんは運転が荒っぽいんだから」

「大丈夫。今日は、俺が運転するんじゃなくて、こいつが運転する」

大沼は猪狩にキイを放った。猪狩は飛んできたキイを両手でキャッチした。

「解錠しろ」

猪狩はキイの解錠ボタンを押した。

駐車場に何台か並んだ車の一台がピッと音を立てて反応し、ライトを点滅させた。

大沼が満足気に指差した。

「そいつだ」

ずんぐりむっくりした黒いホンダCR－Vが見えた。

猪狩は感心し、ホンダCR－Vのボンネットを撫でた。

「こんな高級車の覆面PCもあるんですね。知らなかった」

「犯罪者がベンツやポルシェに乗っているのに、おれたちがポンコツ車に乗っていては舐められるだけだべ」

大沼は助手席のドアを開け、さっさと乗り込んだ。猪狩も急いで運転席に上がった。

老警備員が窓のガラスを叩いた。猪狩はエンジンを掛けながら、ガラス窓を開けた。

「新人さんよ。沼さんに煽られても、決して無茶な運転はせんといておくれよ。前の運転者は無茶して事故り、車をぼこぼこにしてくれた。当の本人もまだ病院に入ったままだからね。出来れば別の車にしてくれないか。そいつはまだ新車で……」

「爺さん、分かった。車は無事に返すから、心配せんといて」

大沼が助手席に座って笑った。小声で猪狩に命じた。

「出せ。爺さんの気が変わらぬうちに」

猪狩はアクセルを吹かし、車を発進させた。一気に坂道を駆け上がり、地上に出た。

エンジン音が心地よい。車体は大きいが、運転はしやすく、ステアリングは軽い。駐車場を出ると、すぐに通りに躍り出た。

「大沼さん、どこへ行くのです」

「決まっているだろう。まずは飯島のヤサだ。飯島の部屋にガサをかける。何か出てくるはずだ」

「了解です」

「それから、いっておく。今後、おれを呼ぶときは沼と呼べ。おれはおまえをマサと呼ぶ。いいな」

「了解です」

「ですは余計だ」

「了解」

猪狩はアクセルを踏んだ。大沼は窓を開け、赤灯をルーフに付けた。

「マサ、赤灯回せ。サイレン吹鳴」

「了解」

猪狩は赤灯と緊急サイレンのボタンを押した。ホンダCR-Vは赤灯を点滅させ、サイレンを吹鳴させながら、勢いよく大通りの車両を走りだした。

猪狩はホンダCR-Vを『メゾン多摩川』の玄関先の駐車スペースに停めた。マンションに到着する前に、途中で赤灯を落とし、サイレンの吹鳴も止めている。

「ここか」

大沼は煙草の吸い差しを灰皿に押しつけて消した。

隣の駐車スペースには、いかにも頑丈そうなベンツSUVやトヨタのプリウスが止まっていた。

猪狩はエンジンを切り、すぐに外に出ようとした。

「待て、マサ」

大沼はフロントガラス越しに、七階建てのマンションを見上げた。

「飯島の部屋は？」

「五階の東端の部屋です」

猪狩は視察訓練のときを思い出しながらいった。五階の飯島の部屋の窓は、カーテンが引かれている。

「視察の前に実査はやったのだろうな」

「はい。外周りだけですが」

「内は？」

「やっていません」

猪狩は正直に答えた。

実査とは事前に行なう実地調査である。まさか飯島の部屋の中までは覗いてない。

「出と入りの口は、どうなっている？」

「はあ、出と入りですか？」

大沼は呆れた顔で猪狩を見た。

「どんな時にも現場の出口と入口を考えるのが捜査の基本だろうが」

「は、はい。しかし、現場といっても、マル対の部屋は……」

飯島の部屋は事件現場ではない。それなのに、なぜ？

大沼は何もいわずじろりと猪狩の顔を睨んだ。猪狩は気迫に呑まれた。

「階段はどこだ？」

「玄関ロビーに入って右側に階段があるようです」

「ようですとはなんだ？　そんなあやふやな実査だったのか？」

「いえ。ロビーに入った右手にあります」

「エレベーターは？」

「階段の左側に二基並んでいます」

「非常階段は、どこだ？」

「非常階段はここからは陰になって見えません。建物の裏手の西側についています」

「非常口は通路の西の奥にあるのだな」

「はい。非常口は五階の通路の西の突き当たりにあります」

「非常口のドアは施錠してあるのか？」

「通常はマンション内側から施錠してあるはずです。外部からは鍵がかかっているので入れません」

　大沼は確かめるようにいった。

「東端の飯島の部屋は、階段やエレベーターで上がった近くにあり、通路の奥にある非常口からは離れているということだな」

「……そうなります」

「マサ、イヤフォンを装着しろ」

　大沼は透明なイヤフォンを耳に差し込んだ。猪狩も急いでイヤフォンを耳に差し込む。

　大沼はリップマイクを袖口に付けた。警察用ＵＷ１０１無線機（メガ）の交信装置だ。

「よし。行くぞ」

　大沼はドアを押し開け、車から降りた。猪狩も運転席から急いで降りた。

　大沼は玄関ポーチの数段の階段を駆け上がった。玄関のドアのガラス窓からロビーの内部が見える。ロビーには人の気配がなかった。

玄関ドアはオートロック式で、ドアは暗証番号を知っている住民しか入館できない。

猪狩はドアの脇の壁にあるインターフォンのボタンを押した。管理人室からチャイムの音が聞こえる。だが、返事がない。ロビーの管理人の部屋の窓口も閉まったままだった。

猪狩が手間取っていると、大沼は何も言わず、ケータイを取り出した。大沼はインターフォンの脇にある『メゾン多摩川』の管理会社の電話番号を指差した。ケータイで管理会社の電話をダイヤルした。まもなく相手が出たらしく、大沼は小声で何事かを話した。やがて、大沼は玄関の天井に付いている防犯カメラに向かい、警察バッヂを掲げ大声でいった。

「そいつらは偽者だ。おれたちは本物だ。そいつらの身元については本部に問い合わせる」

大沼は猪狩を振り向いた。

「マサ、本部に問い合わせろ。おれたちより早く飯島のヤサに乗り込んだデカはいるか、と」

「了解」

猪狩はポリスモードを取り出し、捜査本部の黒沢管理官を呼び出した。事情を話した途端、黒沢が怒鳴った。

『先乗りしたやつはおらん。おそらくやつらだ。打ち込んで、捕れ』

「了解」

『すぐに公機捜を応援に出す』

猪狩はポリスモードの通話を終えた。ほぼ同時に大沼も通話を終えた。大沼はケータイをポケットに仕舞い、腰から特殊警棒を抜き出した。

「ドアが開く。相手は三人だ。気をつけろ」

「了解」

猪狩も腰のベルトから特殊警棒を抜いた。一振りし、特殊警棒を延ばす。

玄関のドアの鍵が遠隔操作で解除された。自動ドアが開いた。

大沼と猪狩はロビーに走り込んだ。

エレベーターの前に出た。一基のエレベーターは一階フロアにあった。もう一基のエレベーターは五階に止まっていた。

大沼はエレベーターのボタンを押した。扉がゆるゆると開いた。

「マサ、階段を上がれ。怪しい野郎がいたら、ひっ捕らえろ」

「敵の人着（人相着衣）は？」

大沼はエレベーターの箱に乗り込んだ。

「人着は分からん。怪しいと思ったら捕れ。どいつもだ。飯島の命が懸かっている」

扉が閉まり出した。猪狩は、大沼の言葉が終わらぬうちに、階段を三段跳びで駆け上がりだした。

エレベーターの上がる速度の方が速い。だが、一刻も早く五階に駆け上がらねばならない。大沼一人で、敵三人を相手にするのは難しい。

日頃、鍛（きた）えているとはいえ、階段を五階まで駆け上がるのはきつい。四階のフロアを過ぎ、五階へ上がる途中の踊り場まで駆け上がって、猪狩は足を止めた。激しく肩で息をついた。

『マサ、早く来い。やつらは、まだ部屋にいる。おまえはどこにいる？』

イヤフォンに大沼の囁く声が響いた。

「いま五階手前の踊り場」

『やつらは、ヅいた。慌てて逃げようとしている』

「いま臨場（りんじょう）！」

猪狩は呼吸を整え、一気に五階へと駆け上がった。五階の廊下で、大沼が二つの人影と揉み合っていた。

「警察だ！　抵抗するか」

大沼の怒声が上がった。

中国語の声が応じ、銃声が起こった。一発、二発。

「警察だ！　神妙にしろ」

猪狩は自動拳銃を持った男に怒鳴りながら突進した。男たちは黒いマスクを着けていた。

ジャケット姿のマスク男は振り向き、猪狩に拳銃を向けた。

猪狩は身を躍らせて男の前に飛び込んだ。拳銃の発射音が轟いた。ほとんど同時に猪狩は男の右手に特殊警棒を叩き込んでいた。

拳銃が吹き飛んで床の隅に転がった。弾丸が床を削って飛んだ。猪狩は特殊警棒で男の顔面を張り飛ばした。男は短い悲鳴を上げて、後退した。

大沼はもう一人の男をねじ伏せ、特殊警棒で頸部を押さえ込んでいた。大沼は頭から激しく出血していた。大沼は目を血走らせて、猪狩に怒鳴った。

「マサ、こいつらは三人組だ。どこかに、もう一人いる。気をつけろ」

「警察だ！　もう逃げられないぞ。おとなしくしろ」

猪狩は大声で叫び、特殊警棒を構えた。

騒ぎを聞き付けた住民が廊下の先のドアから顔を出したが、すぐに引っ込んだ。

「警察だ。一一〇に通報してください」

「マサ、もう一人、いるはずだ。気をつけろ」

相手の男の左手には軍用ナイフがあった。右手は不自然に折れ曲がっている。

男は何事かを大声で叫び、じりじりと後退りしていた。

「…………」

中国語だった。誰かを呼んでいる。

突然、突き当たりの非常口のドアが開いた。

銃を手にした男が現われた。

「…………」

中国語で「撃て」と叫んでいる。

やばい。猪狩は大沼に駆け寄った。大沼のジャケットの襟首を摑み、ねじ伏せた男から引き剝がした。

「沼さん、危ない」

「馬鹿野郎！　何をする」

特殊警棒が首から離れた男は、弾かれたように飛び起きた。

一連射が廊下の壁を削った。猪狩は大沼の体を階段の踊り場に引きずり込んだ。

「マサ、応戦しろ」

大沼は脇の下から自動拳銃を抜いた。

猪狩も拳銃を脇の下のホルスターから引き抜き、安全装置を外した。

廊下を窺った。男たちは非常口に消えていく。最後に自動小銃を手にした男が非常口に入って消えた。

猪狩は咄嗟にエレベーターのボタンを押した。五階に止まっていたエレベーターの扉が開いた。

「沼さん、追います」

「おれも行く」

猪狩は大沼を抱え、エレベーターの箱に乗り込んだ。急いで一階のボタンを押した。扉が緩慢に閉まり、エレベーターはゆるゆると降りはじめた。

大沼は頭部からの出血をハンカチで押さえ、拳銃を持った左手で左胸も押さえていた。

「胸も撃たれたんですか?」

「大丈夫だ。防弾ベストを着ている。えらく痛いが、なんとか我慢できる」

エレベーターは三階で止まった。住民の女性たちが開いた扉の前に立っていた。彼女たちは階上の騒ぎに驚いて、出てきたらしい。血だらけの大沼と拳銃を手にした猪狩を見て、凍りついた。

「警察です。怪我人が出ている。至急、救急車を呼んでください」

猪狩は、そう叫びながら、閉ボタンを押した。気ばかり焦っていた。

犯人たちは、どこかに車を用意しているに違いない。マンション前の駐車スペースにあった車のどれかか？　なんとしても逃走を阻止しなければならない。

エレベーターは一階フロアのロビーに止まった。扉が開いた。同時に猪狩と大沼はエレベーターから飛び出した。

「マサ、駐車場だ。逃がすな」

猪狩は拳銃を構えながら、マンションの玄関から外に走り出た。

車の走り去るエンジン音が聞こえた。ちょうど表の道路をベンツSUVの車体がタイヤを軋ませて走り去るところだった。

「畜生！　逃げやがった」

猪狩は道路に飛び出した。堤の脇を走るベンツSUVが角を曲がり、姿を消すところだった。一方通行を逆走して逃げようとしている。

猪狩は急いで駐車スペースに駆け戻った。ホンダＣＲ－Ｖのドアを開け、運転席に潜(もぐ)り込んだ。エンジンボタンを押した。車体が身震いをしてエンジンがかかった。

大沼が玄関の階段に座り込んでいた。頭から血が流れていた。出血で手にしたハンカチやワイシャツが真っ赤(まっか)に染まっていた。

「沼さん」

「追え。あの黒のベンツを追うんだ」

「了解」

猪狩はホンダＣＲ－Ｖを勢いよくバックさせた。方向転換をし、ベンツＳＵＶが逃走した道路を走らせた。

赤灯を回し、サイレンを吹鳴させる。前を走る軽トラックを追い抜いた。

無線マイクを握って叫んだ。

「至急至急。公機捜１から本部。銃撃事件発生。ＰＭ（ポリスマン）一名ダウン。緊急救援を要請。犯人は逃走中。三人組だ。自動小銃で武装している。注意されたし」

『本部了解。現場の住所を報(しら)せ』

猪狩は『メゾン多摩川』の住所を告げた。

「なお、犯人の車両は現場から一通(一方通行)の道路を逆走し、多摩堤(たまづつみ)通りに入ったと見られる。追跡中。逃走車両は中原街道丸子橋方面に向かっている。至急に十キロ圏内の緊急手配されたし」

『本部了解。逃走車両の車種、ナンバーを報せ』

「逃走車両は、ベンツSUV。車体の色は黒、スポーツカータイプ。ナンバーは……」

猪狩は目の奥に焼き付いているベンツSUVの記憶を辿った。車のナンバープレートは、確か横浜ナンバーだった。

『ナンバーを報せたし』

管制官は冷静な口調で尋ねた。猪狩は思い出していった。

「横浜ナンバー358の51××」

『了解。横浜358の51××。該車両の現在置は?』

「該車両の位置は不明。本車両は」

中原街道との交差点に差し掛かっていた。信号は赤。車を止めた。左手に青い塗装がされた鉄橋の弧が見える。左手に多摩川の河川敷が広がっていた。

道路は左右の車線とも途切れなく車が流れている。ベンツSUVの黒い車体は見当らない。

あちらこちらから、PC(パトカー)が吹鳴させるサイレンが響いていた。中原街道に赤灯を回したＰＣが一台現われ、十字路を左折した。ＰＣは猪狩の車の脇を抜けて多摩堤通りに走り込んだ。すれ違い様（ざま）、ＰＣに乗った警官が猪狩に現場はあちらかと指差した。猪狩は親指を立てて後ろを差し「現場はあっちだ」と叫んだ。

猪狩は赤灯を点けたまま、サイレンの吹鳴は止めた。猪狩は迷った。

やつらどっちへ行った？

犯人たちの車は、中原街道を横切って直進し、引き続き多摩堤通りを行ったか？

あるいは犯人たちの車は中原街道を右折し、都心に向かったか？　それとも左折して丸子橋を渡り、多摩川を越えて神奈川県に入ったか？

引き続き多摩堤通りを行くのは、車が少ないので、あの高級車のベンツＳＵＶは目立ち過ぎる。すぐに手配の網にかかる。

犯人たちは、できるだけ早く車の波に紛れ込み、逃げようと思うだろう。

中原街道を右折すれば、その先には環状八号線があるが、その手前に田園調布（でんえんちょうふ）署がある。いまごろ、ＰＣが総動員され、十キロ圏内の非常手配がはじまっている。そんな網の中に犯人たちが飛び込んでいくはずがない。

左だ。きっと犯人たちは左折し、丸子橋を渡ったに違いない。

信号が青に変わった。瞬間、猪狩は車を発進させ、中原街道を左折させた。サイレンを吹鳴させ、車を追い越しながら、丸子橋を渡った。

多摩川を越えれば、神奈川県警の管内になる。しかし、公安捜査は、警察庁管轄なので、警視庁も神奈川県警も文句はいえない。

中原街道は川崎の市街地の中に入り、人で混雑する細い通りになった。車はのろのろと走ったり、止まったりしている。その先で、中原街道は府中街道に繋がっている。

しかし、いくら探しても、行く手の車の流れにベンツSUVの黒い車体は見当たらなかった。

猪狩は追跡を断念した。赤灯を落とし、サイレンの吹鳴も消した。

「公機捜1から本部。該車両の追跡失尾。くりかえす追跡失尾した」

『本部了解』

「現場へ引き返す」

『本部了解』

猪狩は無線を切った。負傷した大沼が心配になった。車をUターンさせ、再び丸子橋に車を向けた。

3

午後三時（一五〇〇）。

マンション・メゾン多摩川の周囲には、何台ものPCが集結し、現場には黄色い規制線が張られていた。防弾ベストを着た制服警官たちが警備にあたり、集まってくる野次馬たちを規制していた。

猪狩はホンダCR-Vをマンション前の道路に乗り入れた。

警備の警官がいったん車を止めたが、猪狩が警察バッヂを掲げると、すぐに規制線のロープを引き上げた。

メゾン多摩川の前には、何台もの捜査車両が並んでいた。猪狩は車をマンションの前から少し離れた道端に止めた。

ドアを開けて車から降りた。

マンションの玄関ロビーに真崎理事官の姿があった。真崎理事官は公機捜の大滝隊長や私服刑事らと何事かを話していた。直属の部下が誘拐されたとあって、真崎理事官もじっとしておれず、自ら陣頭指揮に乗り出したのだろう。

マンションの玄関のオートロックは解除され、ドアは開いたままになっていた。猪狩はロビーに入って行った。

「残念ながら、失尾しました。申し訳ありません」

猪狩が頭を掻きながら、真崎理事官に報告した。

「うむ。止むを得まい。無理をして事故ったら大事だ。車種やナンバーが分かっただけでもよしとしよう。いまＳＳＢＣが犯人たちの車の後足を追跡している。どこに逃げようと、捜し出す」

「十キロ緊急配備の検問には引っ掛からなかったのですか」

「うむ。いまは三十キロに拡げた。絶対に逃がさない。ところで、おまえは怪我はしなかったのか？」

「大丈夫です。怪我しませんでした。沼さんは？」

「頭に受けた銃創だ。本人は大した怪我ではないから、と現場に残りたがったが、大事を取って救急病院に搬送した。大沼はこんなのは掠り傷だといって病院に行くのを渋ったが、行かないのなら捜査から外すと脅したら、沼は渋々救急車に乗り込んだよ」

真崎理事官はにやっと笑った。猪狩は頭を振った。

「そうでしたか。本当に大した怪我でなければいいんですが。だいぶ出血してましたからね」

「大沼って男は、少々怪我をしても追う。そういう頑固なところがあるやつなんだ」

真崎理事官はマイルド・セブンの箱を取り出し、猪狩に差し出した。ちょうど煙草が欲しかったところだった。

「頂きます」

一本を抜いて、口に咥えた。ジッポの火を点け、真崎に差し出した。真崎も煙草の先をジッポの炎に入れ、うまそうに喫った。

真崎は目で外に出ようという仕草をした。猪狩はうなずいて、真崎と一緒にロビーから外に出た。

真崎はロビーに顎をしゃくり、小声でいった。

「猪狩、ロビーにいるのは捜査一課の連中だ」

ロビーの中で公機捜の大滝隊長が、揃いのスーツ姿の私服たちと何事かを話している。

「背広の衿にＳ１の赤バッヂを付けているので、捜査一課の刑事だと思いました」

Ｓ１の赤バッヂは捜査一課員であることを示す徽章だ。Ｓ１は「捜査一課」のローマ字読みのイニシャルのＳに、一課を表わす算用数字の１なのだが、一課の刑事たちは、Ｓは選抜されし者のＳを意味し、１も捜査一課を示すだけでなく、トップ（一番）の意味が入っていると誇りに思っている。

真崎はうなずいた。

「うむ。公安部長の命令だ。事案を一課に引き渡せとのことだ」

「では、今後は一課が事案を仕切るというのですか？」

「それはあくまで表向きだ。この誘拐事案は、ほかの爆弾事案や殺しと違って、非公開の捜査にするため捜査本部は立てない。敵は必ずこちらの動きを見ている。飯島が拉致されたのに、警察が動かないのは変だろう？　表の刑事捜査が行なわれることで、敵の目を引き付ける。その裏で我々公安が主体となって捜査し、なんとしても飯島を見付けて取り返す」

「では、捜査一課と情報共有して、共同捜査を行なうのですね」

真崎は煙を吹き上げた。

「違う。情報共有も共同捜査もしない。捜査一課は捜査一課として我々とは別に動く」

「どうして、そんなことをするのですか？」

真崎は頭を振った。

「飯島を拉致された理由が保秘だからだ」

「また保秘ですか。飯島さんの命がかかっているかも知れないのですよ。そんな時に、保秘だからと捜査情報を一課に渡さないのは、まずいのではないですか？」

「一課が保秘情報を得ても、あまり捜査に役立つことはない。むしろ、万が一情報が外部に洩れると、飯島一人だけでなく、大勢の捜査員の死を招き、ひいては国家の危機を呼び起こしかねない」

「…………」猪狩は黙った。

国家の危機を呼ぶ？

舘野チームは、いったい、何をしていたというのか？

それが分からなければ、我々だって動きが取れないではないか。猪狩は公安の保秘の壁に突き当たり、うんざりする思いだった。

「いずれ、誘拐犯から人質と引き換えに、金品か何かの要求がある、と一課のイットクソウは考えている。私は、そんなことはあるまい、と思うのだが、彼らにはいわないでいる」

「イットクソウとは何ですか？」

「第一特殊犯捜査だよ、誘拐事案捜査専門の。ロビーに来ているのは、その一特捜一係の尾崎（おざき）班長と水口（みずぐち）代理だ」

真崎理事官はじろりとロビーにいる私服たちを見た。

一応、捜査一課にも誘拐事案の発生を通報したと聞いて、猪狩は、内心、よかったと安堵した。

公安は情報捜査に長けてはいるが、誘拐犯相手の事件捜査は不慣れなはずだ。物証から犯人を追いかける手法は、やはり捜査一課の捜査力が勝っている。

「おまえが部屋に入った時、犯人たちは何をしていた？」

「いえ、自分は部屋の中には入っていませんでした。階段を駆け上がった時、犯人たちは部屋から出て来たところらしく、沼さんに見つかり格闘になった。そこへ自分も駆け付けたのです」

「そうか。やつらは何の目的でこの部屋に侵入したのか、だな」

真崎理事官は煙草の煙を吹き上げた。

「なくなったものは？」

「それが分かれば、世話はない。やつら、逃げるとき、何か持っていなかったか？」

猪狩は目を閉じ、犯人たちと争った記憶を辿った。

「持っていなかったと思います」

「犯人たちの人着は？」

「二人とも男で、黒いマスクを着け、顔を隠していました。一人はジャケット姿で、拳銃を所持。もう一人はつなぎの作業服を着ていた。こちらは軍用ナイフで襲いかかって来た」

「犯人は、もう一人いたそうだな？」

「はい。三人目の男は非常口から現われ、銃を乱射しました」

「非常口から現われた？」

「おそらく予め非常階段を逃げ道として確保していたのでしょう。この部屋への侵入者は二人でした」

「三人目の男の人着は？」

「遠目でしたが、細い目、細面、ショートカットの黒髪。左利き。上下とも黒い背広に黒ズボン。ジャニーズ系のヤサ男でした」

「左利き？」

「自動小銃を構える手が左でした」

真崎はなるほど、とうなずいた。

「その男はマスクをしていなかったのか？」

「していませんでした」

「なぜ、マスクをしていなかったのかな？」

「おそらく想定外の事態に慌てたのではないか、と思います」

「顔は覚えているか？」

「はい。遠目ですが、面は目に焼き付けてあります。遇ったら特定できます」

猪狩は、男にインパラという符号を付けた。一見、か弱そうだが、逃げ足が速い、身体能力のある小鹿だ。

「よし、いいだろう。ほかに気付いたことは？」

「何か思い出したら、すぐに報告します。自分も現場に上がりたいのですが」

「うむ。いま、現場には海原と田所がいる。海原班長から指示を受けろ」

「了解です」

海原とは海原光義警部で、真崎チームを率いる現場指揮官だ。田所警部補は、その海原班長を補佐する班長代理だ。

「では、自分も行ってみます」

猪狩は煙草の火を地べたに押しつけて消し、携帯灰皿に詰め込んだ。真崎理事官と大滝隊長に頭を下げ、エレベーターのボタンを押した。すぐにエレベーターの扉が開いた。猪狩は早速エレベーターに乗り込み、五階のボタンを押した。

五階の飯島の部屋の前には制服警官が立哨していた。警官は猪狩に敬礼した。

ドアを開くと、部屋の中は地震でもあったかのような惨状だった。本棚の本やCDが床に散乱し、足の踏み場もない。

鑑識課員が机の引き出しや窓ガラスなどに白い粉を振りかけ、指紋や掌紋などの採証作業をしていた。

2DKの出入口に、海原班長が腕組みをして立っていた。

「海原班長、猪狩、臨場しました」

海原班長は鋭い目つきで、じろりと猪狩を睨み、唇の前に人差し指を立てた。声を出すな、という仕草だ。

海原光義警部。痩せぎすの体格の、涼しげな細い目に鼻筋が通った端正な顔立ちをした男だった。年齢は四十代はじめ。

海原は真崎理事官の懐刀と目されていた。

猪狩は正式には海原と挨拶を交わしていない。だが、以前に一度だけ、海原に会っている。古三沢忠夫が自殺に見せかけて殺された現場で、真崎が連れていた二人の部下のうちの一人が海原だった。

海原は何もいわず、顎で下駄箱の上にあるビニール袋を差した。猪狩はうなずき、靴を脱ぎ、ビニール袋を足に履いた。ポケットから、サージカル手袋を取り出し、手にはめた。

現場は荒らしてはならない。現場保持の鉄則だ。

鑑識課員たちは、部屋の中での採証作業を終えたらしく、用具を片付けはじめた。

鑑識の班長が海原班長に告げた。

「作業が終わりましたんで、我々は引き揚げます」

「ご苦労さん」

海原班長は鑑識班長にうなずいた。

鑑識課員たちはバッグを肩に部屋から出て行った。

それまで鑑識作業を眺めていた田所班長代理や捜査員たちが、一斉に部屋の中に入り、
壁に架(か)かった絵画の額(がく)、窓のカーテンレール、本棚、洋服ダンスなどを調べはじめた。

別の捜査員たちは、床にぶち撒(ま)かれたペンや鉛筆などの文具類や名刺を拾(ひろ)い集め、調べている。

「班長、理事官からいわれました。自分は……」

海原の手がいきなり猪狩の口を塞(ふさ)いだ。海原は猪狩の耳に囁いた。

「おまえのことは全部知っている。余計なことはいわず、しばらく黙って見ていろ」

「は、はい」

猪狩は海原の気迫に圧され、言葉を飲み込んだ。

捜査員の一人が手を上げ、無言のまま、机の上の電気スタンドを指差した。田所班長代理がすぐに机に近寄り、電気スタンドの傘を指で触った。

海原は寝室を調べている女性捜査員にハンドサインで、部屋のテレビを点けろと命じた。

女性捜査員はテレビを点けた。お笑いタレントを集めたバラエティ番組が画面に映し出された。海原は音量を上げろ、と合図した。

音量が大きくなった。田所が海原に歩み寄り、小声でいった。

「バグです」

バグは超小型の盗聴マイクのことだ。

「まだ、ほかにもあるはずだ。一個だけではない」

海原は静かな声でいった。

「外しますか？」

「いや、一個は残しておけ」

田所はうなずき、バグを見付けた捜査員に囁いた。捜査員はバグを摘み上げ、テレビの前に置いた。

「これで、盗聴しているやつも退屈しないだろうぜ」

田所はにやっと笑った。

別の捜査員がドライバーで、固定電話器の底を開けた。器内に小型の異物が見えた。

「班長、ここにも盗聴器です」

「外して科捜研に回せ」

海原は静かにいった。

捜査員はペンチを取り出し、異物のコードを断ち切り、取り外した。

マイクで拾った音声を電波で飛ばし、どこかで受信しているのだ。

テレビから爆笑が上がった。お笑いタレントがスタジオの観客から笑いを取っていた。

捜査員の一人が小さな声を上げた。

「班長、ここにも」

壁に架かった風景画の額を調べていた捜査員が、絵の隅に開いている胡麻粒ほどの小さの黒い点をボールペンで差した。

「裏を調べろ」

海原は低い声で命じた。捜査員は絵の額縁を裏返し、裏板を外した。

裏板と絵の間に薄い金属片があった。細いコードが黒い点に繋がっていた。胡麻粒ほどの穴が風景画の隅に目立たぬように空けられ、そこに極超小型カメラ・レンズが塡め込まれていた。こちらは撮影した映像を電波に乗せて、基地局に送る高性能の盗撮装置だ。

田所が床に散らばった小物の中からバンドエイドを拾い上げ、素早く黒い点のようなレンズの上に貼った。

「それも押収し、科捜研に送れ」

「了解」

田所班長代理はうなずき、捜査員に外せという仕草をした。

「代理。これは?」

寝室を調べていた女性捜査員が田所に手を上げた。

「まだあるのか。しつこい連中だな」

女性捜査員はベッドサイドのコンセントに差し込まれているコーナータップ型プラグを指差した。

「調べろ」

三つ穴の平たいコーナータップ型には、CDカセットデッキの電源プラグと、枕元のスタンドの電源プラグのふたつが差し込まれていた。よくあるタイプの盗聴器だ。通常の電線の電気を電源にしているので、コンセントに差し込まれている限り、半永久的に音声を拾うことができる。

　女性捜査員はコンセントからコーナータップ型プラグを抜き、ドライバーで背面をこじ開けた。

　プラグの中には、案の定、超小型のマイクや電子器具が組み込まれていた。

「台所クリア」台所を調べていた捜査員がいった。

「浴室トイレクリア」

　ついで、浴室や廊下を調べていた捜査員がいった。

「居間クリア」

「寝室クリア」

　女性捜査員が告げた。

「オールクリアです」

　田所が海原班長に告げた。

　海原班長は田所に苦々しくいった。

「それにしても、犯人たちは、だいぶ前から、飯島を探っていたようだな」

「飯島本人も気付いてなかったのでしょうね。気付いていれば、すぐに部屋のクリーニングをやれたのに」

「しかし、犯行グループは飯島を拉致した上に、ここで何を捜していたのかな」

海原班長は部屋の中を見回した。田所班長代理も腕組みをして考え込んだ。

「田所、おれは理事官と話がある。ここは頼む」

「了解です」

田所班長代理はうなずいた。

海原班長はゆっくりとした足取りで、部屋から出て行った。

「さて、みんな、犯人グループは何を捜していたのかを調べろ」

「はいはい」

「代理、ヒントはないですか？」

「そんなのあるかい」

「調べろといっても、何を、どう調べたらいいんですかねえ」

「頭を使え。そのために頭はあるんだ」

「ほんと、やってらんねえなあ」

捜査員たちはぶつぶつ文句をいいながらも、思い思いに散らかった物を拾い上げ、整理整頓しながら、調べはじめた。

猪狩も、あらためて部屋の中を見回した。

本棚の本は、ほとんど床に落とされていた。

二、三百冊はある。猪狩は足下に転がっている単行本を数冊取り上げた。ガルシア・マルケス『百年の孤独』、マヌエル・プイグ『蜘蛛女のキス』。東理夫『アメリカは歌う』、村上春樹『１Ｑ８４』、『騎士団長殺し』。ジョン・ル・カレ回想録『地下道の鳩』、ユバル・ノア・ハラリ『サピエンス全史』……

小説から哲学書、思想書まである。変わった読書の趣味をしている女性だな、と猪狩は思った。

それにしても本棚の本をみんな床にはたき落としたりして、犯人たちは、いったい、何を捜していたのだ？

本の間に挟み込まれていたとすれば、写真とか手紙とか、あるいは書類か？

机の引き出しも中身を空けられたらしく、床に散乱していた。捜査員たちが屈み込み、引き出しの中身だった文具類や名刺類、小物を机の上に拡げている。

ノートパソコンは見当たらない。

猪狩は捜査員たちの肩越しに、机に拡げられた雑多な物に目をやった。パソコンは無くても、パソコンのＵＳＢメモリとか、ＣＤ－Ｒといった電子データを捜していたということもある。だが、机の上には、ＵＳＢメモリなどは見当たらなかった。

「おい、若いの、うろちょろしやがって、邪魔だ。どけ」

厳(いか)つい顔の男がファイルブックを抱え、猪狩を睨んだ。

小物や名刺を調べていた捜査員たちも、一斉に猪狩を見た。

「あ、すみません」

猪狩は手にした本を本棚に戻しながら、男に道をあけた。

厳つい顔の男はファイルブックを本棚に戻しながら、猪狩に怒鳴った。

「おまえ、公機捜だろう？　呼びもしないのに、公機捜がなんでここにいるんだ？」

寝室にいた田所の声が飛んだ。

「井出(いで)、そいつは公機捜の猪狩誠人だ」

「代理、それは知っているよ。だけど、公機捜がなんでここにいるんだってての。公機捜は外で待機していることになってんじゃないの」

「いや、猪狩は真崎理事官の特命で、沼さんと組んで動いているんだ」

「特命か。沼さんの相棒ってわけかい」

井出の顔がやや弛(ゆる)んだ。田所が笑いながらいった。

「猪狩巡査部長、そいつ、柄(がら)は悪いが、うちのチームの豪気(ごうき)こと井出剛毅(ごうき)巡査長だ」

駄洒落(だじゃれ)か、と猪狩は思った。井出剛毅の剛毅から豪気という愛称になった？

「若いのに巡査部長どのか」

井出は口を歪(ゆが)ませた。

「たとえ、あんたがおれより階級が上だろうが、おれの上司じゃねえ。おれは遠慮しねえぜ。それに、あんたは、まだうちのチームに入ると決まったわけじゃねえだろう？」

「うむ。チームに馴染(なじ)むかどうか、試用期間中だ」

田所が答えた。

「いいな、若造、階級を嵩(かさ)にかけるなよ」

「分かった」

猪狩は若造といわれ、少々むかついたが、我慢した。まだ公安刑事になりたてのほやほやだから、古参の公安刑事に頭が上がらない。田所が笑いながら続けた。

「そこの二人を紹介しておく。島(しま)やんこと大島(おおしま)巡査部長、ほかちゃんこと外間(ほかま)巡査長だ」

机の上の小物を調べていた痩せた体軀(たいく)の中年の男が振り向き、冷ややかな目で舐めるように、猪狩を見つめた。

「大島潤一(じゅんいち)。よろしく」

「よろしくお願いします」

猪狩は腰を折って敬礼した。同じ階級でも、年齢から見て大ベテランだ。礼儀は尽くし

てお か ねばならない。

「おれ、外間正吉。よろしく」

外間巡査長はぺこりと頭を下げた。

「こちらこそよろしく」

猪狩も頭を下げた。

「それから、ここにいるのが巡査部長の」

田所は寝室の床に散らばった衣類をベッドの上に片付けて調べている女性捜査員に目をやった。

「代理、わたしはいいわよ。自分でいうから」

女性捜査員は振り向いた。

「わたし、氷川きよみです。きよみと呼んでね」

氷川きよみは涼しい目で猪狩を見た。はっと人の目を惹く小顔の美人だった。脚がすらりと伸び、スタイルがいい。女性警官の制服が似合いそうな女性だった。

「よろしくお願いします」

猪狩は腰を折り、敬礼した。田所はにやっと笑った。

「猪狩、気を付けろ。きよみは凄腕の公安デカだ。この美貌にひっかかり、何人もが敢えなく討ち死にした。逆ハニートラップのやり手だ」

「代理、それはセクハラですよ」

氷川きよみは眉(まゆ)を上げながら、横目で田所を睨んだ。

「あ、いけねえ。いまのは取り消す」

田所はきよみに謝った。

きよみはふっと笑い、元の穏やかな美貌に戻った。猪狩に背を向け、また散らばった衣類の片付けに戻った。

「代理、犯人たちは、部屋に侵入して、何を捜していたのですかね」

「部屋の荒らされ方から見ると、おそらく手帳とか手紙とか、あるいは書類とかいったものではないかな」

猪狩は部屋の机に目をやった。

「ノートパソコンはなかったのですか?」

「ない。我々公安デカは、保安上、何があるか分からないので、ノートパソコンは持ってはいけないことになっている。パソコンを使う時は、必ず本部に備え付けられたパソコンだけを使うんだ」

なるほど、と猪狩は思った。

玄関ドアの前が騒がしくなり、いきなりドアが開いた。頭に野球帽を被った大沼が顔を見せた。野球帽の縁（ふち）から、白い包帯がはみ出ていた。

田所が玄関ドアに立った大沼を笑いながら迎えた。

「おう、沼さん、いいのか、救急車で病院に行ったんじゃなかったのか？」

「この程度の傷で寝込んでいるわけにいかない。飯島の命がかかっているんだ。一刻も早く捜し出さなくてはな」

大沼は笑いながら、猪狩に目をやった。

「マサ、こんなところで何をしているんだ？」

「飯島さんの居場所捜索の手がかりを摑もうとして」

大沼はつかつかと机に近寄った。

「それで、手がかりになりそうなものが何かあったか？」

「いえ、まだ」

猪狩は苦笑いした。

ほかの捜査員たちは、ちらちらと猪狩と大沼の様子を目の端で見ながら、自分の仕事をしている。

大沼は机の上に積まれた名刺類を手で崩した。名刺には、お店やクラブのカードも交じっていた。

「いいか。マサ、こういうのは、刑事の勘を働かせるんだ。なんで、こんなものが飯島のところにあるんだ、とな」

大沼はふっと言葉を止めた。カードの中から一枚を摘み上げた。

「なんです?」

大沼は答えず、そのカードをジャケットのポケットにねじ込んだ。

「マサ、行くぞ」

「どこへ?」

「そんなの当たり前だろう? 飯島が付き合っていた愛人のところだ」

「え? 麒麟に」

大沼は外に出ようと、顎をしゃくった。

「麒麟? なんだ、麒麟とは?」

「査察訓練の時、自分が勝手にトーマス栗林に付けた符号です。名前を知らなかったもので」

「たしかに脚は長いし、首も長かったな。よし、麒麟に事情を聴取しよう。何か知っているかも知れない。では、代理、こいつを連れて行きます」

大沼は田所に手を上げた。

「うむ。何か分かったら、報告しろ」

「了解了解」

大沼は野球帽を被り直し、部屋から出て行った。猪狩は慌てて玄関先に出て、足のビニール袋を脱ぎ、靴に履き替えた。ドアを開けて廊下に出ると、大沼はエレベーターに乗り込もうとしていた。

4

午後五時。

運転席には、大沼が乗っていた。猪狩が運転を交替しようと、いくらいっても大沼は首を縦に振らなかった。

「おまえの運転は柔くて見ていられねえ。公安デカには公安デカの運転の仕方があるんだ」

大沼は楽しそうに鼻歌を唸りながら、ホンダCR－Vを自在に運転した。たしかに、運転は少々荒っぽいが、つぎつぎに車を追い抜いていく。日比谷通りは、スムースに車が流れていた。左手に日比谷公園の緑の樹林が見えた。

「沼さん、麒麟の居場所、分かっているんですか？」

「麒麟の居場所は、上野動物園に決まっているだろうが」

「え？」

大沼は煙草を咥えて笑った。

「冗談だよ、冗談。いまの時間、トーマス栗林がいる場所は勤め先に決まっている。やつの勤め先は、丸ノ内（まるのうち）のオフィスだ。マサ、火、火を頼む」

猪狩はジッポの火を点け、大沼の前にかざした。大沼は咥え煙草をジッポの炎に入れて点けた。煙を吹き上げた。猪狩もポケットからピース・インフィニティを取り出し、口に咥えて火を点けた。

日比谷交差点を直進し、丸ノ内警察署の前を抜ける。左手のお堀の淀（よど）んだ水面が西日を浴（あ）びて乱反射していた。次の馬場先門（ばばさきもん）の交差点で、大沼はハンドルを右に切った。

「トーマス栗林の勤め先の株式会社エイシャン・ブラザーズ・トレーディング・カンパニー（ＡＢＴＣ）のオフィスは、丸ノ内グリーン・ビルにある」

大沼はそういいながら、一ブロックほど行くと今度は左折して、道の左右にプラタナスの街路樹が生い繁（おいしげ）るおしゃれな並木道に車を入れた。一方通行の通りの標識に「丸ノ内仲（なか）

通り」の文字が見えた。

大沼は車の速度を落とし、最徐行する。

「沼さんはトーマス栗林のオフィスをよく調べましたね」

「マサ、おまえ、査察訓練で飯島の姉さんに張り込んだんだろう？　飯島の愛人のことは調べなかったのか」

「調べませんでした」

「ドジな野郎だな。マル対と接触する人間は、すべて調べ上げ、マル対の人間関係を丸裸にするのがおれたち公安デカだぞ。捜査が甘いな。甘い捜査は命取りになるぞ」

大沼はそういいながらも、フロントガラス越しに右手のビル街を見回した。

「あれだな」

大沼は顎で右手に聳える高層ビルを見上げた。右にウィンカーを出し、ビルの玄関前の駐車スペースに車を入れた。

「なに？」

大沼は、すでに駐車している二台のトヨタのセダンを見て、顔をしかめた。

「何です？」

「先客が来ている」

「先客？」猪狩は訝った。

「まあ、行ってみれば分かる」

大沼はドアを開け、車から降りた。猪狩も車から降りた。制服姿の守衛が出て来て、大沼に来意を尋ねようとした。

大沼は警察バッヂを見せ、すぐに戻ると告げた。守衛は安堵した顔で何もいわず引っ込んだ。

玄関の自動ドアが開き、猪狩は大沼についてロビーに足を踏み入れた。受付の後ろの壁にずらりと並んだ企業名を睨んだ。

Aの項の三番目に「エイシャン・ブラザーズ・トレーディング・カンパニー日本支社」の社名が見えた。十一階の表示があった。

「沼さん、十一階です」

「分かっている」

大沼と猪狩は何基も並んだエレベーターの前に立った。十階以上の中層階行きのエレベーターの前には、社員証を胸に吊るした男たちが雑談をしていた。

やがてエレベーターの箱が降りて来て、大勢の社員や客たちを吐き出した。入れ替わって、猪狩たちがエレベーターの箱に乗り込んで行く。

「やっぱりな」

大沼が猪狩に人混みを見ろと目配せした。吐き出された人波の中にS1の赤バッヂを背広の胸に付けた男たちの姿があった。捜査一課の捜査員たちだ。

「さすがに早いですね」

猪狩は大沼に囁いた。大沼は面白くなさそうな顔で答えなかった。

十階に止まって数人降りた。次に十一階にエレベーターが止まり、猪狩と大沼はエレベーターを降りた。

エイシャン・ブラザーズ・トレーディング・カンパニーの大きなロゴが描かれた曇りガラスの壁の前に、受付のデスクがあった。短髪の日本人女性がパソコンのキイを操作している。受付の女性は明らかに業務用の笑顔で、大沼と猪狩を迎えた。

「いらっしゃいませ」

受付嬢の目は警戒の光を宿していた。大沼の野球帽からはみ出た包帯を見て、お得意様ではない、と即座に判断した様子だった。

大沼は野球帽の庇を押し上げ、さらに包帯を顕わに見せた。

「営業課のトーマス栗林さんに面会したいのだが」

「どちらさまでしょうか？」

「警察。すでに同僚が伺ったはずだが」

大沼はジャケットの内ポケットから警察バッヂを取り出し、受付嬢に見せた。

「こっちは同僚」

大沼は猪狩に顎をしゃくった。猪狩は慌てて警察バッヂを取り出して受付嬢に掲げた。

「少々、お待ちください」

受付嬢は営業用の笑みを崩さず、受話器を取り上げ、耳にあてた。大沼を見ながら、受付に刑事が来ている旨を相手に告げた。

「はい。分かりました」

受付嬢は受話器をフックに戻した。

「お待ちください。迎えの者が参ります」

ほどなく仕切り壁越しに荒々しい靴音が響いた。ドアが開き、数人の男たちが血相を変えて飛び出してきた。

「野郎！　そこを動くな」

「警察だ！　おとなしくしろ。抵抗するな」

男たちは口々に叫びながら、大沼と猪狩に駆け寄った。

「ま、待て」

猪狩は叫ぶ間もなく、二人の男に両腕をがっぷりと取られ、身動きできなくなった。

「痛(い)ててッ」

大沼も二人の男に腕を捩(ね)じ上げられて押さえ込まれていた。男たちの胸にはＳ１の赤バッヂが光っていた。

「我々も警察だ」

猪狩が両脇の刑事たちにいった。

「なんだと？　おまえら、どこの所轄(しょかつ)だ？」

「ビキョク(警察庁警備局)だ」

「なに、ハム(公安)だと？」

「胸のポケットに黒パー(警察手帳)がある」

刑事の一人が猪狩のジャケットのポケットを探った。警察バッヂが付いた身分証を取り出した。写真付きのＩＤ証を見て、相棒の刑事と顔を見合わせた。

「だから、待て、といったろう？　我々も警察だと」

「こいつも、ハムか？」

大沼の腕を捩じ上げていた刑事は苦々しく笑いながら、大沼の腕を放した。大沼は刑事たちの手を汚らわしいもののように振り払った。

「なんで、おまえら、バン（職務質問）もかけずに問答無用で捕るのが、ジケツ野郎のやり方か」

「なんだ、転び公妨（公務執行妨害）のハム野郎が、偉そうな口をきくな」

刑事と大沼が胸ぐらを摑み合った。仲間の刑事たちが大沼を取り囲んだ。

「転び公妨」とは、公安が捜査対象者の前で、わざと転び、それを公務執行妨害だとして、相手を逮捕するやり方だ。刑事たちは、公安刑事が情報を取るためだけに、軽犯罪や道交法、公務執行妨害などにひっかけて、マル対の身柄を押さえるやり方は陰険で邪道な捜査法だと嫌っていた。

「頭に来たッ」

互いに罵り合い、殴り合いになった。まずい、このままでは大沼が袋叩きになる。

大沼は腰から特殊警棒を抜いた。猪狩は慌てて大沼に抱き付き、両腕を押さえた。

「沼さん、止めましょう。相手も同じ警察官なんですから」

刑事たちも血相を変え、身構えている。

「待て待て。双方、落ち着いて」

猪狩が刑事たちの前に立ち、両手を拡げた。

ドアの方から新たな怒鳴り声が轟いた。

「そこで、何をやっている！」

開いたドアから、見覚えのある私服刑事が現われた。

「しかし、代理、こいつ」

「いいから、止めろ。一般人の前だぞ」

受付嬢は廊下に避難し、ドアの陰から社員たちが恐る恐る覗いていた。

刑事たちは、それを見てようやく落ち着きを取り戻し、大沼から離れた。

刑事たちは、急いで背広の乱れを整えたり、ネクタイを直した。

猪狩は代理と呼ばれた、顎が張った精悍（せいかん）な顔付きの刑事を見た。

飯島のマンションの玄関先で見かけた捜査一課第一特殊犯捜査一係の水口班長代理だった。

「きみらは？」

猪狩は、所属と身分を名乗った。大沼も渋々と警察バッヂを水口班長代理に見せた。

「中に入って話をしよう」

水口班長代理は、穏やかに笑いながら、オフィスの中に猪狩と大沼を促（うなが）した。部下の刑事たちも、ぞろぞろと水口班長代理の後に続いてオフィスに入って行った。

5

応接室のソファには、戸惑った顔のトーマス栗林が座っていた。向かい側のソファに、現場で見かけた第一特殊犯捜査一係長の尾崎警部が座っていた。水口がそっと尾崎に寄り、耳打ちした。

尾崎班長は振り返り、じろりと猪狩と大沼を見た。冷たい視線だった。

「この誘拐事案は、我々一課一特犯（第一特殊犯捜査）が取り仕切ることになっているはずだが。うちの一課長と、きみらの上司の真崎理事官と、そう話がついていると思ったが」

「はい。その通りなんですがね」

大沼は被っていた野球帽を脱いだ。血が滲んだ白い包帯が顕わになった。

「マル害の飯島は、うちの仲間なんで、我々も放っておけないんです。やつらに、飯島のマンションで銃撃までされて。このままでは引っ込みがつかないんです。たしかに事案は、一特犯さんの専権捜査ですが、我々もお手伝いをしたいと思いましてね」

「悪いが、誘拐事案の捜査は、我々に任せて貰う。余計な口出しはしないでくれ。我々の捜査の邪魔になる」

「一特犯さんの邪魔はしません。ただ、マル害のことについては我々が詳しい。特にこの猪狩巡査部長は、飯島をマル対のターゲットとして査察訓練をした。その査察報告は、重要な捜査資料となっているはずです。麒麟、いやトーマス栗林さんのことですが、こいつの査察報告があって、初めて飯島に恋人がいたと分かり、調べた結果、トーマス栗林さんに行き着いたのですからね」

水口がまた尾崎班長に顔を寄せ、何事かを耳打ちした。

向かいに座ったトーマス栗林は、長い脚を組み、電子煙草を喫いながら、尾崎と大沼のやりとりに耳を傾けていた。

猪狩はトーマス栗林を注視した。トーマス栗林は猪狩の視線を感じると、慌てて目を逸らし、忙しなく電子煙草を喫った。トーマス栗林は、まだ事態がよく分かっていないようだった。彼は恋人の飯島が何者かに拉致され、酷い目に遭っているかも知れない事態が本当に分かっているのか？

尾崎班長は水口班長代理の意見を聞き入れたのか、かすかにうなずいた。

「分かった。きみらが捜査協力してくれるのに感謝しよう。我々もマル害についての情報がほしい。きみらが独自に捜査して入手した情報は、必ず我々に報告してほしい。我々も、彼女がなぜ拉致されたのか、その理由が知りたい。きみらは、それを知っているのではないか？」

大沼は顔をしかめていった。

「自分もこいつも、なぜ、飯島が拉致誘拐されたのかは知りません」

「本当か？」

尾崎は猪狩に顔を向けた。

「本当です。情けないことに、マル害には保秘がかかっていて、自分たちにも、なぜ、彼女が拉致されたのか分からないのです。それで苦慮（くりょ）している」

「なにマル害に保秘がかかっているので、公安のきみたちも分からないというのか？　なんてことだ」

尾崎は水口班長代理と顔を見合わせて笑った。

「じゃあ、我々と同じじゃないか」

「ですから、我々も一特犯に捜査協力し、なぜ、マル害が拉致されたのかを明らかにしたいのです」

「なるほど。では、聞こう。ここへ何をしに来たのだ？」

大沼は尾崎に答えた。

「飯島の恋人であるトーマス栗林さんから、事情を聴きたいと思いましてね」

「我々がトーマス栗林さんから事情は聴いた。トーマスさんも驚いている。何があったのか、分からず、我々に逆に事情を聴こうとしているくらいだ」

「犯人たちから、何か要求する電話は入っていないのですか？」

「ない」

「メールは？」

「ないそうだ。我々も調べたが、いまのところ犯人たちからのメールも電話も入っていない」

「トーマスさんの自宅には？」

「トーマスさんが自宅にいる間に、犯人たちからの電話はなかったそうだ。そうですな」

尾崎班長はトーマス栗林に目をやった。

「ノウ。電話、ありませんでした」

トーマスは情けなそうに両肩をすくめた。

「これから、犯行グループから自宅に電話がかかって来るかも知れないので、我々が張り込もうと思っているがね」

トーマスが不満げに目を室内に走らせ、憮然（ぶぜん）とした顔をしたのを、猪狩は見逃さなかった。

「トーマスさん、日本語は話せますね」

トーマスは笑いながら、親指と人差し指で狭い間を作った。

「ほんのちょっと。挨拶ぐらいね」

「私たちは飯島さんの同僚です」

「ドウリョウ？」

「フレンドです」

「ああ、おトモダチね」

トーマスは目をしばたたいた。

「あまり、日本語、得意じゃありません」

猪狩は英語に切り替え、トーマスに話し掛けた。

「トーマスさん、飯島さんは、あなたの婚約者ですか？」

「いえ。とんでもない。まだ婚約も何も話し合ったこともない」

トーマスは顔を左右に振った。

「では、ジャストフレンド（ただのお友達）だというのですか？」

「イエス、ザッツライト（その通り）」

「でも、あなたは、彼女をマンションに送った際に、車の中でキスをしたではないですか？　私は見ていましたよ。何度か」

トーマスは額を指で掻いた。

「たしかに、何度か舞衣とキスはしたことがあります。だが、それ以上の関係ではない」

「セックスフレンドではないのですか？」

「プライバシーになることはノウコメントです」

トーマスは静かに頭を振った。

「トーマスさん、大事なことなのです。舞衣を拉致した連中は、舞衣があなたの恋人だと思ってのことかも知れない」

「それは、どういう意味ですか？」

「あなたを脅迫するために、舞衣を拉致した可能性もあるのではないか、ということです」

「ジーザス。それはありえない」

トーマスは悲しげな目で猪狩を見た。

「どうして、ありえないと？」

「私はＡＢＴＣの平の営業マンでしかない」

猪狩はトーマス栗林の略歴を思い出した。

「平ではなく、執行役員ではないのですか」

「ははは。ＡＢＴＣには執行役員が大勢います。平の営業マンでは相手もこちらを軽く見るので商売にならない。そのため、一応役員であると思わせるため、肩書きだけ執行役員にしているのです」

トーマスは頭を振った。

「ところで、トーマスさんは何を担当なさっているのです？」

「日本をはじめ、中国や台湾、シンガポールなどの企業に精密工業機械を売り込んでいます。なかなか売れないので、たいへんですがね」

トーマスは笑った。猪狩はさりげなく訊いた。

「舞衣さんとは、どこで知り合ったのです？」

「パーティです」

「パーティ？」

「業界団体の親睦(しんぼく)パーティです。そこで、人に紹介された」

「どなたにですか？」

「知人のイギリス人記者です」

「その方のお名前は？」

「そんなことも訊くのですか？」

トーマスは嫌な顔をした。

「念のためです。舞衣さんの交友関係が知りたい。もしかして、どこかで犯人たちと接触しているかも知れないので」

「ショーンです。ロンドン・ガゼット紙の東京特派員です」

大沼が話に割り込んだ。

「飯島とは、どんなところで、デートをしたのか？」

「プライバシィですね」

「行った場所で犯人たちに見られた可能性があるのでね。教えてくれませんか？」

「都内の高級ホテルのレストランやラウンジですね。帝国ホテル、ニューオオクラ、ニューオオタニ、ホテル椿山荘（ちんざんそう）東京とかですね」

「食事やお酒だけですか？」

「どういう意味ですか？」

「二人でホテルに同宿するとか、プールやフィットネスクラブで運動するとか、サウナに入るとか？」

「残念ながら、そういう関係にまでなりませんでしたね」

「ご一緒に温泉とか、ナイトクラブに行ったことはありませんか?」

「ありません」

「舞衣さんは、どこか行きつけのクラブはありませんでしたか?」

「知りません。さっきから、なぜクラブのことを訊くのです?」

「いえ。自分がクラブが好きなもので」

大沼はにやっと笑った。だが、目は笑っていなかった。

「二人とも、そのくらいでいいだろう。トーマス栗林さんには、我々も訊きたいことがある」

「はい。分かりました。では、トーマス、サイチェン(再見)」

「サイチェン」

トーマスはほっとした顔でうなずいた。

猪狩はトーマスに握手を求めた。トーマスは立ち上がって猪狩の手をしっかりと握った。

猪狩は北京語で冗句(じょうく)をいった。トーマスは答えず、にやっと笑った。

猪狩は名刺を出した。

名刺には、名前のほか、警察庁職員と警察庁の代表番号しか印刷されていない。

猪狩は名刺にボールペンを走らせ、個人用のケータイ電話番号を書き込んで、トーマスに渡した。

「何か思い出したら、電話をください」

猪狩はトーマスに頭を下げた。

「じゃあ、我々は失礼します」

大沼は尾崎班長、水口班長代理、それから応接室に屯する一課員たちに挨拶し、部屋から出て行った。猪狩が大沼の後を追おうとすると、水口班長代理が止めた。

「猪狩、おれにも名刺を寄越せ。ポリスモードではなく、個人用の連絡先を入れたやつだ」

「はい」

猪狩は名刺を取り出し、そこにケータイ電話番号を書き入れて渡した。

「これは、おれのケータイ番号だ」

水口班長代理も名刺を出し、猪狩に渡した。

「何か分かったら、必ず連絡しろ。いいな」

「了解」

猪狩はうなずき、踵を返して、大沼を追った。

大沼はオフィスの廊下で受付嬢と何事か話し合い、笑っていた。

「お待たせしました」

「じゃあ。また、お嬢さん」

大沼は受付嬢に手を上げ、ちょうど降りて来たエレベーターに乗り込んだ。猪狩も続いて乗った。

エレベーターの箱には、誰も乗っていなかった。

「あの女の子と何を話していたのです」

「トーマスの野郎のことだ。トーマスは、おれたちの前では、あまり日本語で話さなかったが、本当はぺらぺらに喋ることができるんだってよ」

「ほんとですか」

「あの野郎、それで日本の女をつぎつぎに引っ掛けていやがる。あの受付の女も、そうしたフレンドの一人だ」

「そうでしたか」

「そういうおまえは、別れ際にトーマスに北京語で鄙猥な冗句をいっていたな。やつの反応は、どうだった？」

「にやっと笑っていましたよ。トーマスは北京語も堪能です。分からなかったら、怪訝な顔をして、聞き返すでしょうからね」

「あの野郎。何か隠しているな」

エレベーターは一階に降りた。猪狩はロビーに出ながら、大沼に訊いた。

「これから、どこへ？」

「ここを調べる」

大沼はポケットから一枚の緋色のカードを取り出した。宣伝用のカードで、表には『紳士と淑女のシャングリラ　クラブ「絹の道」』とあった。裏には、新宿歌舞伎町の住所と電話番号が印刷されていた。

「これは、飯島のヤサの引き出しにあったものだ。飯島のところに、こんなカードがあるのは妙だろう。飯島の持ち物だとは思えない。なぜ、こんなカードがあるのか、探るんだ」

「了解です」

「ですはいらねえ」

「はい。了解」

「今度は、おまえが運転しろ。おれは疲れた」

大沼は車の鍵を放った。猪狩は慌てて受け取った。

猪狩は車のロックを解いた。大沼は背伸びをひとつして、助手席に乗り込んだ。猪狩も運転席に尻を乗せた。

スタートボタンを押すと、ホンダＣＲ－Ｖは軽快なエンジン音を立てた。

日が落ち、あたりは薄暮に包まれていた。

第三章　アングラ捜査

1

午後六時半（一八三〇）。

新宿歌舞伎町の繁華街は、ネオンの瞬きも少なくなり、いつになく静まり返っていた。コロナウイルスによる肺炎がまだ完全には収まっていないせいだ。

東京都の要請で、コロナウイルス封じ込めのため、あらゆるイベントが自粛し、小さな会合までもが中止になった。その余波は居酒屋やバーなどの飲み屋にまで波及し、盛り場から客足が遠退いた。

ついには、東京オリンピックまで開催が危ぶまれ、中止にこそならなかったものの、来年に延期になった。

コロナ肺炎は、完全には収まらないものの、ようやくワクチンの開発が進み、治療薬も見付ったことで、人々のパニックは治まった。それでも、一度遠退いた客足はすぐには戻らず、歌舞伎町もまた例外ではなかった。

猪狩と大沼は、タイムズのコイン駐車場に車を止め、喜多方ラーメンの暖簾を潜って店に入った。カウンターには客の姿はなかった。昼食抜きで動いていたので、猪狩も大沼も空腹だった。

「らっしゃい。おーい、お客だよ」

カウンターの中にいた店主らしい男が慌てて声を上げた。店のどこからか、「あいよ」という女の返事が聞こえた。

二人は喜多方ラーメンと餃子を注文し、カウンターのスツールに座った。

天井近くの棚に載せたテレビが歌番組を映していた。着物姿の演歌歌手が昔流行った歌謡曲を歌っていた。

「いらっしゃいませ」

店主の連れ合いらしいおかみが奥から現われ、水差しの水をコップに入れて二人の前に置いた。

「こんな包帯、いつまでもやってらんねえ」

大沼は野球帽を脱ぎ、いきなり包帯を解きはじめた。

「大丈夫ですか」

「何針か縫ったが、こんな大袈裟な包帯をする必要はねえ。これじゃあ、目立って仕方がねえ」

包帯を解くと五分刈りになった坊主頭が出てきた。銃創は左頭側に付いていた。ガーゼがあてられ、サージカルテープで止めてある。ガーゼに血がにじんではいたが、血は止まっている様子だった。

大沼は包帯を丸めると、ポケットに捩じ込んだ。野球帽をゆっくり被り直した。痛みがあるらしく、大沼は顔をしかめた。帽子の縁からガーゼが半分ほど見えた。

「これで、少しは目立たなくなっただろう?」

大沼は猪狩に顔を向けた。顔を左に向けると、ガーゼはまったく見えない。正面から見ても、ガーゼはそれほど目立たなかった。

「OKです」

「いい男も、しばらく、これで我慢だな」

大沼はカウンターに置いてあったスポーツ紙を手に取り、ページを開いた。カウンターの中で、店主が沸かした湯に麺を入れ、かき回していた。

「沼さん、ちょっと聞きたいことがあるのですが」

「なんだ」

大沼はスポーツ紙の競馬欄に目を凝らしながら生返事をした。

「真崎チームは、いったい何を捜査しているのです？」

猪狩は声をひそめた。テレビの音が流れているとはいえ、店主やおかみに聞かれてはまずい。

「突然、なんで、そんなことを訊く？」

大沼は新聞から顔も上げずにいった。

「舘野チームから応援要請があったのでしょう？　応援してくれといっても、真崎チームが、その内容を知らなかったら、何をどう応援するのか、分からないではないですか」

「だから？」

「沼さんたちは舘野チームがやっていることを知らないはずがない、と思ったんです」

大沼は新聞から顔を上げた。

「保秘だから知らないといったまでだ。理事官もおれたちも、おおよそのことは知っている。そうでなかったら応援なんかできん」

「やはり。そもそも沼さんたちは何をしていたのです？」

大沼は、乱暴に新聞を折って畳んだ。大沼は黙れと猪狩に目配(めくば)せした。

おかみさんが、湯気を立てたラーメンと餃子を盆(ぼん)に載せて運んで来た。

「おまちどうさん」

おかみさんは二人の前に中華丼に入ったラーメンと餃子の皿を置いた。猪狩は箸(はし)入れから割り箸を取り出し、一膳を大沼に渡した。

「話は食った後だ。せっかくのラーメン、餃子がまずくなる」

「はい」

大沼は割り箸を引き割り、箸と箸をこすり合わせてから、中華丼に入ったラーメンを啜(すす)りだした。

猪狩は二つの小皿に醤油と酢を入れ、ラー油を混ぜた。小皿の一つを大沼の前に置いた。

大沼はラーメンを食べながら、餃子にも箸を伸ばした。

猪狩と大沼は無言のまま競うように急いでラーメンを啜り、餃子を食べた。

すべて完食した後、大沼はジャケットのポケットからハイライトを取り出し、口に咥(くわ)えた。

「おやじ、ここは禁煙か？」

「いいよ。うちは喫煙可の店だから」

猪狩はジッポの火を点け、大沼に差し出した。大沼は煙草の先を炎に入れて煙を旨そうに喫った。猪狩もポケットからピース・インフィニティを取り出した。一本を抜き出して口に咥え、ジッポの火で点けた。

二人は煙草の煙を喫い、しばしの間沈黙した。テレビでは歌番組が終わり、ニュース番組になっていた。

「どこまで話した？」

「まだ何も」

「何の話が聞きたいのだ？」

「ですから、沼さんたちは何をなさっていたのかですよ。それを知らないと、自分もどう動いたらいいのか分からない」

「保秘だ」

「だから、何が保秘なのか、教えてほしいのです。じゃないと、自分は……」

「やる気も起こらないか」

大沼はにやっと笑った。猪狩は、もう一押しすれば、大沼は落ちると感じた。

「いずれ沼さんたちの仲間に入れて貰うためにも、沼さんが話せることだけでいいので教えてくださいな」

大沼は楊枝入れから一本摘み出して咥えた。それから内ポケットからボールペンを取り出し、カウンターにあった紙ナプキンを拡げて何事かを走り書きした。

猪狩は大沼の手元を覗き込んだ。

ＳＰＹ　ＨＵＮＴ（スパイハント）。

猪狩は大沼の顔を見た。

大沼はにやっと笑い、「中国、北のスパイの摘発」と書いた。

真崎チームは中国と北朝鮮のスパイを狩るスパイハンターだというのか。

大沼は、最後に紙ナプキンをくしゃくしゃと丸め、アルミの灰皿に置いた。大沼は猪狩に焼却処分しろと目で命じた。

猪狩はジッポを擦り、紙ナプキンに火を点けた。紙ナプキンはめらめらと燃え上がった。

「おやじ、勘定」

「毎度ありがとうございます」

大沼は立ち上がった。猪狩はナプキンが完全に燃え尽きるのを確かめた。

「マサ、払っておけ。領収書、貰うんだぞ」

「はい」

猪狩は財布を取り出した。紙幣を渡すと、おかみさんが愛想笑いをした。

2

午後八時――。

猪狩と大沼は歌舞伎町の薄暗いあずま通りをゆっくりと歩いた。キャバクラやホストクラブなどの風俗店、カラオケ屋、居酒屋や大衆酒場、喫茶店、バーなどのけばけばしい看板が肩を並べてひしめいている。通りには、ポン引きや妖艶に着飾った女が、鵜の目鷹の目で通り掛かりの酔客に目を光らせていた。

猪狩と大沼に、ポン引きのちんぴらが声をかけようとしたが、慌ててそっぽを向いた。客引きの女たちも煙草を吹かしたまま、二人に洟も引っ掛けない。

「ちッ」と大沼は舌打ちをした。

「マサ、おまえと歩いていると、やつら、すぐに、気付いて近寄りもしねえ」

デカに気付いていということか。ならば、それは自分のせいではない、と猪狩は思った。デカの臭いを立てているのは、目付き鋭い大沼の方だ。

大沼はあたりにさり気なく目をやり、尾行があるかないかの点検をしている。猪狩も、無意識に左右前後を点検した。

「沼さん、どうしてクラブ『絹の道(シルクロード)』にあたろうというのです?」

大沼はポケットから緋(ひ)色のカードを猪狩に渡した。飯島の部屋の机にあった名刺類の中にあったシャングリラの宣伝カードだった。

「カードの左端の下の隅に折れた痕跡(こんせき)があるだろう?」

いわれて見れば、緋色カードの左隅の下の角に、一度折られた跡があった。

「これは舞衣とおれの間での秘密のやりとりに使う暗号なんだ」

二人の間の秘密の暗号?

仮にも飯島舞衣は警部補であり、大沼巡査部長よりも階級は上である。

大沼は猪狩の不審そうな顔を見て、鼻の先で笑った。

「おれが舞衣って呼び捨てにしたからって、変に思うな。前にいったろう? チームの中では、海原班長と田所班長代理は別だが、あとは、相棒とかパートナーごとに、あだ名や愛称、符号で呼び合うんだ」

「なるほど。で、このカードの隅を折ってあるのはどういう意味なんです?」

「至急に内偵(ないてい)されたし、という暗号だ」

「このシャングリラのクラブ『シルクロード』は、どんな店なんです？」

猪狩は訝った。

大沼は目を細めた。

「シャングリラのクラブ『シルクロード』は、日本のセレブと称する連中が集まる超高級クラブだ。会員の多くは、成金の道楽息子やセレブの娘、それに大物政治家や高級官僚たちでな。普通の安月給のサラリーマンなんかは絶対に入れない。競馬であてたり、宝くじがあたったりした俄成金は、クラブに入れてくれない。会員の大物政治家や財界の超大物の紹介でもないとな」

「そんな超高級クラブが、なぜ、猥雑な歓楽街の歌舞伎町にあるんですかね。銀座や赤坂のような上品なところにあるなら分かるんですが」

「超高級クラブだが、皇族や旧華族が集う霞会館のような鹿鳴館からの伝統を引き継いでいるクラブとは違う。歴史がない、ただの成り上がりの富裕層の連中のクラブだ。だから、彼らは霞が関界隈や赤坂などでは、格が違うので気が引ける。それよりも、自分たちの理想郷が、あえて怪しげで危なそうな新宿の大歓楽街のど真ん中にあるのを相応しいと思っている。やつらは、わざわざ高級車でクラブに乗り付け、我々庶民に貧富の差を見せつけて優越感にひたる。それがやつらには快感なんだ」

大沼は唾と一緒に地べたに吐き捨てた。

「飯島さんは、なぜ、そんなところに行ったのですかね」

「仕事か、プライベートで誰かに連れて行って貰ったか。それは分からない。舞衣が行くようなところではない。なのに、なぜ、舞衣はシャングリラのクラブ『シルクロード』のカードを持っていたのか？　もしかすると、今回の舞衣の誘拐事案と関係が何かあるかも知れない。それで調べ直してみようというわけだ」

「前にも調べたことがあるのですか？」

「ああ。一度、内偵したことがある」

「どんなクラブなんです？」

「建物一つ全体がシャングリラの持ち物になっているんだ。最上階には超高級な三つ星レストランがあり、別の階には高級中華飯店や焼肉店もある。さらにジャズライブ専門のクラブもある。かと思うとほかの階には、美男を集めたホストクラブ、ゲイバーがあり、茶室や談話室もある。地下には、フィットネスクラブや室内プール、サウナクラブ、セレブ女のための美容マッサージ・ルームまでも完備しているらしい。おとなのための一大ドリームランドになっているんだ」

「ギャンブルはないんですか？」

「どこかの階で闇カジノを開いているという噂はある」

「取り締まらないんですか？」

「証拠がないと裁判所もガサ状を出さない。なにしろ、ウシロには、大物政治家や法務省、財務省のお偉いさんたちがわんさといて、検察や警視庁も迂闊には手を出せないんだ。それに闇カジノについては、おれたち公安の担当ではないんでね」

「オーナーは？」

「日本名徳田司郎という中国系アメリカ人実業家だ。数年前に日本に帰化している」

「何者なのです？」

「アメリカン・ボーン・チャイニーズってことだ。米国人名はチャーリー・チャン。通称CC。いまもアメリカの国籍を持っており、カリフォルニアに大邸宅を持っているらしい。さらに、ラスベガスで同様のカジノ・ホテルを所有している。ともあれ、アメリカでも十指に入る大富豪だそうだ」

「その大富豪が、わざわざ日本に乗り出して来たというわけですか」

猪狩は首を傾げた。あらためて不思議に思った。

「舞衣さんは、なぜ、そんなハイソサエティなシャングリラの宣伝カードを大事に持っていたのですかね」

「だから、それを調べたいんだ」

大沼はケータイを取り出し、歩きながら誰かにダイヤルした。

「ああ、おれだ。ちょっと顔出してくれ。おまえから話が聞きたい。すぐ出て来い」

相手は渋っている様子だった。

「……いいな。いつものところにいる」

大沼はケータイを切った。

あずま通りは花道(はなみち)通りに出て終わった。

「あれだ」

大沼は斜め向かいのビルに顎をしゃくった。

そこには巨大な劇場のような白亜(はくあ)のビルがライトアップされていた。最上階はガラス張りのレストランらしく、広い窓が明るく輝いている。最上階以外は、ほとんど窓らしい窓はなく、のっぺりとした白壁になっていた。

周囲の雑居ビルや飲み屋街、背後に広がるラブホテル街の中で、ライトアップされた白亜のビルだけは異次元の世界から突然現われたような異物に見える。

屋上に「紳士と淑女のためのシャングリラ　クラブ『シルクロード』」と書かれた電飾看板が架(か)かっていた。

いましも建物の玄関先に一台の高級車が止まり、洒落た制服姿の男が車のドアを開け、車から降り立ったゴージャスなドレスを着飾った白人女性と、蝶ネクタイのタキシード姿の日本人紳士を出迎えていた。

二人は腕を組み、笑いながら赤いカーペットを歩んで進み、玄関の奥に消えた。

玄関には黒人の大男と中国人らしい用心棒が目立たぬように立っていた。いずれも、黒いシャツや上着で鍛え抜いた筋肉を隠しているのが外見から窺える。

地元のちんぴらや暴力団員、半グレなどを寄せ付けないための万全の警備を行なっているのが明らかだった。彼らの手に負えないとなれば、奥からさらに強力な警備員たちが駆け付けるだろう。

おそらく警察官が駆け付けても十分に対応できる強力な警備システムを整えているに違いない。

玄関の庇の隅やネオンサインの看板に、監視カメラが備えられているのが見えた。通りを挟んだ向かい側に立つ電柱にも監視カメラが見えた。屋上にも監視カメラが何台か据えられている。そのうちの一台がカメラを移動させ、通りに立っている猪狩と大沼の二人を目敏く見付けて睨んでいた。

猪狩は傍らの大沼を見た。

「乗り込むのですか？」

「じゃあ、どうするんですか？」

「ここに来たのは、マルトク（特別協力者）から話を聞き出すためだ」

「マルトク……」

特別協力者とは、捜査対象の組織内に作った秘密の捜査協力者、つまりスパイである。

「ま、何もいわず黙ってついて来な」

大沼は顎をしゃくり、肩を尖らせながら歩きだした。

花道通りは区役所通りに繋がっている。大沼は風林会館の前の交差点を越え、区役所通りに進んだ。

大沼は野球帽を目深に被り、サングラスを掛けた。猪狩も内ポケットからサングラスを取り出し、大沼にならって目に掛けた。

大沼は居酒屋チェーン『みちのく』の暖簾を潜った。

「いらっしゃいませ」

女店員たちの甲高い声が二人を迎えた。

大沼はじろりと店内を見回した。

コロナのせいか、客の姿が少なく、店内は閑散としている。猪狩は店内を一瞥して点検した。不審な動きをする人物はいない。

大沼と猪狩は、出入口がよく見える、奥のテーブル席に座った。

マスクをかけた丸顔のウエイトレスが注文を取りに現われた。大沼は、黒ホッピーを注文した。

「いいんですか？　仕事中に酒を飲んでも」

「居酒屋に入って酒を飲まなかったら、怪しまれるだろう。酔わなきゃいいんだ。ただし、おまえは飲むな。運転者なんだからな」

「は、はい」

猪狩はビールのフリーを注文した。

大沼はメニューを眺め、鷹揚に焼き鳥の串やお新香をウエイトレスに頼んだ。ウエイトレスは愛想笑いを絶やさず、タブレットに注文の品々を打ち込み、引き揚げて行った。

店内には流行のポップスが流れていた。

「どんな人物なんです？」

「どんなやつって普通の華僑の若いやつだ。顔や姿、話し振りは、日本人とほとんど変わりはない」

「名前や仕事は？」

「おれのマルトクだ。おまえは何も知らないでいい。おまえだって、いずれマルトクを作る。だが、いくら仲間うちでも、そいつについてぺらぺら喋るか。そいつの名前や職業が誰かに洩れれば、リスクが高くなるんだ。そいつの命にかかわることなんだぞ」

「はい」

猪狩は納得した。余計な口出しはすまい、と思った。

「お待ちどうさま」

丸顔のウエイトレスがトレイに黒ホッピーの瓶やグラス、ビール小瓶、お新香の皿などを載せて戻って来た。ウエイトレスはテーブルの上に瓶やグラス、お新香の皿を置いた。

「焼き鳥はまもなくできます。少々お待ちください」

「あいよ」

大沼は焼酎が入った氷の塊のグラスに、黒ホッピーを注いでマドラーで掻き回した。猪狩もフリーのビールをグラスに注いだ。

ウエイトレスが引き揚げて行くと、大沼はグラスを掲げた。猪狩もグラスを上げ、大沼のグラスの縁にかちんとあてた。

「まあ、マサだから特別に名前を教えてやる」

大沼はホッピーをぐいぐいと飲んだ。半分ほどを残すと、プファーといい、腕で口元を拭った。猪狩もフリーのビールを喉で飲みながら頭を振った。

「いいですよ。沼さん、無理に教えて貰わなくても」

「ははは。すねるなよ。徐英進っていうんだ。横浜華僑の徐英福の息子でな。新宿華僑の蔡の下で料理の修業をしている。マルトクは使い捨てではない。若いが、素直でいい男なんだ。いずれ、徐英福一族を束ねる男になる。マルトクが偉くなれば、入ってくる情報も多くなる。我らが目をつけるのは成長株の野郎なんだ。だから、マルトクを大事に育てて組織の中で重要な人物に押し上げるのも、我々の仕事なんだ」

大沼はグラスに残りのホッピーを注いだ。

「お待たせしました」

半袖のスポーツシャツ姿の若い男がのっそりと二人のテーブルの前に現われた。大沼はちらりと出入口の方をチェックした。

「尾けられてはいなかったか？」

「多分、大丈夫だと思います」

細面の若い男はちらりと猪狩に流し目をした。大沼がすかさずいった。

「この男は信用していい。おれと一緒に仕事をしている猪狩って男だ。通称マサ」

「よろしく」猪狩は挨拶した。

「俺、徐英進です。沼さんには、いろいろお世話になっています」

徐は猪狩に頭を下げた。大沼はぶっきらぼうにいった。

「突然に呼び出して悪いな」

「俺にも仕事があるんですよ。突然仕事中に呼び出されると、コック長に怒鳴られるんですよ。できれば、昼の暇な時とか休日に呼び出してほしい」

「そうはいってられないことが起こったんだ。じつはな。……」

大沼は話すのを止めた。ウエイトレスの影が近付いて来る。

「お待ちどうさま」

ウエイトレスが焼き鳥の串の皿を運んで来た。大沼は徐に顔を向けた。

「何か飲むか?」

「じゃ、ハイボールを」

ウエイトレスはタブレットをいじりながら、厨房の方へ引き下がった。

「実はな、我々の女性上司が昨夜、何者かに誘拐された」

「誘拐された?　で、何を要求して来たのですか。カネですか?」

「いや、要求はまだ何も出ていない。だが、三日のうちに、なんとか上司を救い出さねばならねえんだ。それを過ぎると命が危ないんだ。もう二日が過ぎる」

大沼はケータイを取り出し、飯島舞衣の画像を出した。

「これが我々の上司だ」

「綺麗(きれい)な女性ですね」

徐は鋭い目付きで画面を覗き込んだ。

「余計なことは考えず、目にしっかりと焼き付けろ。名前は飯島舞衣だ」

「どこで誘拐されたのです?」

「横浜みなとみらいだ」

「なんだ。新宿じゃないんだ」

徐はほっとした表情でいった。

「だが、彼女は、なぜか、シャングリラのクラブ『シルクロード』の、このカードを持っていたんだ」

大沼は緋色のカードを徐に渡した。徐はカードを手にした。

「おまえに、以前『シルクロード』を調べてくれと頼んだことがあったよな」

「ええ」

「そのカードに見覚えあるか？　ただの宣伝カードか？」

徐はカードを裏返したり、表に戻したりして、ためつすがめつ眺めていた。

「クラブ『シルクロード』は、宣伝カードなんか作る必要ありませんよ。宣伝する必要もないほど一部のセレブには有名なんですから。これは大事なビジターに手渡される特別な入館カードです。これを持っていれば、その日一日、いろいろな階を見て回れる。磁気メモリーがかかっていて、期限が切れると自動的に入れなくなる」

「やはりそうか。入館カードか。クラブ『シルクロード』はたしかに宣伝カードなんか出す必要ないものな。いつ使用されたものかは調べることができるか？」

「クラブで働いているダチに渡せば調べてくれると思いますがね」

「調べて貰ってくれ。いつ、使用されたものか分かるといい」

「その上司の誘拐とクラブは、どういう関係があるのです？」

大沼は頭を振った。

「分からん。だが、上司は誰かに連れられて、クラブを訪れた時、きっと何かに気付いたのだろう。それで、さっきのビジター用カードを持ち帰った。きっと何かある。俺の勘でしかないが」

「沼さん」

猪狩は手で話を止め、目配せした。ウエイトレスがトレイにハイボールのグラスを持って現われた。

「はい、お待ちどうさま。ほかに何かご注文はありますか？」

ウエイトレスはマスク越しに徐に好意のこもった眸を向けた。

「ないない。いま大事な商談中だ。あっちへ行きな」

大沼が手を振ってウエイトレスを追い払った。ウエイトレスは膨れっ面で大沼を睨み、厨房に引き揚げた。

徐はハイボールを飲みながら訊いた。

「どうして、その上司は誘拐されたのです？」

「我々とは別のチームが一昨日から昨日にかけ、いっせいに敵対者に襲われた。十三人もの死者も出た。影の戦争がはじまったんだ。上司の飯島舞衣は、そのチームと接点があったため、攫われたらしい」

「この平和な都会で影の戦争ですか。物騒だな」

徐は肩をすくめた。

「その襲われたチームは、いったい何を追っていたのです？」

「中国関連の何かを調べていた。それが分からないので捜査が難航している」

大沼はため息をつきながら、懐から茶封筒を出し、徐の前に差し出した。

「これは、とりあえずの活動資金だ。いい情報を聞かせてくれれば、さらに報酬を出す」

「分かりました」

徐は茶封筒を摑んで、ジーンズの腰のポケットに捩じ込んだ。

「調べることの一つは、ビジターカードの使われた日でしたね」

「誰とクラブに来たのか分かればなおいい」

「ロビーの監視カメラの映像があるはず。その映像を入手すれば誰と来たのかが分かる」

「そんな監視カメラの映像が入手できるのか？」

「鼻薬を効かせれば、映像データを入手できるかも知れません」

「それから、一連の襲撃事件を起こした犯行グループについての情報だ。新宿の中国人アンダーグラウンド社会に、何か情報が流れていないかどうか」

「我々華僑社会は新宿も横浜も関西も繋がっていますからね。華人同胞が何か起こしたりすると、すぐに耳に入って来ます。調べてみますよ」

徐はグラスのハイボールを飲み干した。大沼が猪狩に何か訊きたいことがあったら聴いてもいいぞ、と目でいった。

猪狩は徐に向いた。

「あのシャングリラのオーナーの徳田司郎と話したことはあるのですか？」

「会って話したことはない。何度か挨拶したくらい」

「彼も華僑ですか？」

「いえ。とんでもない。徳田司郎は華僑ではありません。彼は中国人系アメリカ人ですが、華僑社会には入っていません」

「華僑仲間とは付き合いもない？」

「華僑たちは彼を敬遠しています。もし、付き合いがあっても儀礼的な付き合いでしょう」

「彼についての評判は？」

「評判は悪いですね。ＣＣは——みんなチャーリー・チャンをそう呼んでいるのですが、悪い連中とも付き合っている。香港や上海の黒社会や日本のやくざとも手を組んでいる。彼は危険な男なので、華僑たちは用心して、できるだけ彼には接近しないようにしています」

「危険というのは、どういうことですか？」

「ＣＣは実業家というオモテの顔とは別に、闇社会のフィクサーというウラの顔を持っているんです」

「裏の顔？」

「そうです。ＣＣは豊富なカネ、国家権力を背景にした政治力、強力な暴力組織という三種の悪の神器を持っているのです。そうでなかったら、日本のやくざ、暴力団や、中国人、朝鮮人、ロシア人など第三国の暴力組織が入り混じって、血で血を洗う抗争を繰り返す歌舞伎町のど真ん中に、不夜城のような高級エンタメ施設を創れるわけがない」

徐英進は理路整然と話をしていた。猪狩は突然切り出した。

「チャーリー・チャンに会えないかな」

「ＣＣに会いたい？」

「うむ。チャーリー・チャンは相当裏の事情に詳しそうだから、今回の襲撃事件も飯島舞衣拉致事件も、犯行グループについて、何か知っているかもしれない」

「ＣＣが日本にいる時なら、会えるかも知れませんが、ＣＣはプライベートジェット機で、世界を飛び回っているそうなのでなかなか捉まえるのが難しいかも知れない」

「日本にいる時は、クラブにいるのかい？」

「さあ、分からない。クラブの経営は側近の部下に任せっきりで、滅多にクラブに顔を出すこともないということでした」

「側近の部下というのは？」

「重藤あきら社長です」

「どんな男だ？」

「女社長です」

「え、おんな？」

猪狩は大沼と顔を見合わせた。

「重藤あきらという名前は宝塚時代の男役に使った芸名で、それをそのまま自分の名前にしている」

「元タカラジェンヌだったのか」

「きりっとした男前の美しい女で、ＣＣも一目惚れしたという噂です」

「奥さんか？」

「奥さんはカリフォルニアにいるって聞いてます。ハリウッド女優の白人の美人だという噂です」

大沼がにやっと笑いながらいった。

「じゃあ、重藤あきらは愛人か？」

「さあ。それは分かりません。ただ、重藤あきらのお父さんは、大企業の社長か会長だと聞いてます」

猪狩は大沼に顔を向けた。

「重藤あきら社長に面会し、会長に会いたいと申し入れればいいのですかね」

どこかでケータイの着信音が鳴った。徐英進はポケットからケータイを取り出し、画面を見、またポケットに仕舞った。

徐は席を立った。

「店から、戻れというメールです」

「じゃあ、頼んだ件、よろしくな」

大沼は拳を突き出し、徐と、拳と拳を突き合わせた。

「分かりました。少し時間をください」

「あまり時間がないんだ。分かったことだけでいい。できるだけ早く頼む」

「了解。じゃあ」と徐は大沼と猪狩に手を上げ、店から急ぎ足で出て行った。

「いいやつだろう?」

「かなりのインテリですね。冷静に物事を分析して見ている」

「徐英進は、親父の英福が一番目をかけている息子だ。大学もいいところを出ている」

大沼は目を細めた。

「これから、どうします?」

「田村町に戻る。新しい情報が入っているはずだ。それからまた捜索再開だ。その前に腹拵（ごしら）えをしておこうぜ。腹が減っては戦もできん」

大沼は焼き鳥の串に齧（かじ）り付いて食べだした。さっき食べたばかりなのに。猪狩も大沼の気迫に押され、焼き鳥を食べはじめた。

3

田村町の裏捜査本部は、捜査員たちが忙しく出入りし、騒然（そうぜん）としていた。

白板に、これまで入った情報が黒いマジックインクで書かれていた。係員がメモの紙を見ながら、新しい情報を書き加えている。

猪狩と大沼は白板の前に立ち、これまでの情報に目を通した。

飯島舞衣のケータイのGPS位置情報についての報告があった。飯島のケータイの位置は、横浜市内各所を回り、東名高速に上がった。そのまま西に進み、阪神高速道路に入り、大阪府に入り、堺（さかい）市まで行って止まった。その最終位置情報を特定して捜査したところ、大手運送会社「東アジア運送」の堺支社の物流センターに入ったことが分かった。直（ただ）ちに大阪府警警備部の公安機動捜査隊が現場に駆け付けたところ、トラックに飯島の姿はなく、荷台の隅に転がっているケータイが見つかった。

そのトラックの運転手に事情を聴いたが、何も知らない様子だった。念のため、運転手の身元を洗っているが、いまのところ、不審な点はない。

トラックは川崎港湾地区の物流センターから出て、横浜市内の営業所を回って集荷し、そのまま東名に上がり、堺までどこにも寄らずに運行された。トラックは犯人たちとどこかで接点があったはずなので、運転手から運行経路を聞き出し、再度捜査をしている。

飯島のケータイには、指紋がほとんどなく、犯人たちに拭き取られた可能性が高い。その上で、捜査攪乱のため、長距離運送トラックの荷台に放りこまれたと見られる。

現在、科捜研がケータイの交信記録を分析している。

猪狩は白板に貼り出されたSSBCの【緊急手配通報】に見入った。

【緊急手配通報】犯行グループは、川崎市港湾地区に潜んでいると見られる。

SSBC（捜査支援分析センター）から誘拐犯人たちの乗った横浜ナンバーのミニバンの後足についての解析が入っていた。ミニバンは市内の監視カメラ、防犯カメラ、Nシステム、タクシーのドライブレコーダーの映像を辿った結果、川崎市内の港近くに行ったことが確認された。

捜査一課第一特殊犯捜査は、SSBCからの情報に基づき、機捜（機動捜査隊）を出動させ、ミニバンを最終確認した地域の捜索にあたらせている。

裏本部も、公機捜を川崎市内のバニッシング・ポイント（消失地点）に派遣し、ミニバンの捜索をさせている。しかし、いまのところ、まだミニバンの行方は不明。

「要するに、まだ飯島舞衣の居場所は分からねえってことだな。よしよし」

大沼は大欠伸(おおあくび)をした。

何がよしよしなのかは分からなかったが、大沼は自分たちよりも先に誰かが飯島舞衣をまだ見付けていないことに満足したのだろう。

会議室の壁時計の短針は、いつの間にか、午前零時を回っていた。

「マサ、寝る前に上への捜査報告を書いておけ。俺は明日に備えて寝る。いいな」

「了解」

猪狩はやれやれと思ったが承知した。

大沼はそそくさと部屋を出て行った。

猪狩は本部の空(あ)いているパソコンの前に座った。眠気醒ましのコーヒーを飲みながら、昼間から夜にかけての捜査情報を打ち込みはじめた。

その間にも、外から捜査員たちがつぎつぎに戻って来て、黒沢管理官に各事件の捜査本部で得た報告を上げている。書記係が入ってくる最新情報を白板に書き込んでいく。

猪狩は、本部の騒がしさに気を取られながらも、なんとか報告書を書き上げた。

そこへ今度は公機捜の坂本たちが寄って来て、談話室に誘われた。そこで彼らと缶ビールを手に雑談になった。各事件の捜査本部の捜査員たちは地取りや聞き込み捜査、防犯カメラの映像集めといった物証集めを主とした、通常の犯罪捜査の手順に従って地道な捜査を行なっていた。物証を固めてマル被（被疑者）に迫ろうという手法だ。

一方の公安捜査は、事案について、状況証拠で迫る。マル被の人的関係を調べ、事案の背後や動機についての情報を集めることに主眼を置いている。情報を基にして証拠を集め、犯罪要件を固めて、マル被たちを一網打尽にする。

坂本たちは自分たちの公安捜査に比べて、刑事捜査の視野の狭さを揶揄したり嘲笑したりしていた。そうした話を聞きながら、元刑事だった猪狩は笑えなかった。

要するに公安捜査と刑事捜査では、犯罪捜査の手法が違うのだ。互いに馬鹿にし合うのではなく、互いのいいところを認め合い、協力し合って犯罪に立ち向かえばいいのに、と猪狩はつくづく思うのだった。

深夜二時になり、猪狩も坂本たちも情報交換の雑談会を打ち切った。

猪狩が仮眠室の二段ベッドのひとつに潜り込んだ。大沼の高鼾が聞こえていた。

仮眠室には、二段ベッドが十数台ほど並んでいた。そこに、三十人ほどの男たちが寝ていた。エアコンが部屋の換気をしていたが、ほぼ三密状態だった。この中から一人でもコロナに罹ればクラスターが発生してしまうが、捜査員たちは、あえて平気な顔をしていた。

コロナが恐くてデカがやってられるか、だ。

猪狩は固い枕に顔を押しつけた。

いまごろ飯島舞衣は、どこかに監禁されているのだろう。さぞ心細いだろう、だが、必ず助けに行く、と猪狩は心に誓った。


「起きろ、マサ。いつまで寝ているんだ」

大沼に軀を激しく揺すぶられ、猪狩は飛び上がった。

「朝飯だ。もう、みんな起きて食っているぞ」

「は、はい」

猪狩は慌てて二段ベッドから降りた。着のみ着のままで寝ていた。急いで洗面所に駆け付け、顔を水で洗った。タオルで顔を拭いながらふと思った。

夢の中に麻里が出て来たような気がした。蓮見健司の顔もあったような気がする。新潟の海岸を三人で追い駆けっこしていたような夢だった。夕陽が美しく海に映えていた。

このところ、麻里に会っていない。夢に出てくるなんで、麻里に何かあったのだろうか？　ふと不安になった。このところ連日、実地訓練につぐ実地訓練で、電話をする暇もなかった。

「マサ、何をぐずぐずしている。みんな、食べ終わって、出て行くぞ」

大沼の声が階段の下から聞こえた。

「はい。いま行きます」

猪狩は大声で返事をし、階段を駆け降りた。食堂に走り込んだ。食事を終えた刑事たちが、がやがやと話ながら食堂から出て来る。

「おはようっす」

「オッス」「おはよっす」

坂本たち公安機動捜査隊員たちがすれ違い様、猪狩に笑いながら挨拶した。

大沼はすでに配膳コーナーに立ち、トレイに丼飯を載せている。猪狩もトレイを持って大沼の後についた。

「今日は忙しいぞ。しっかりメシを食っておけ。次はいつ食えるか、分からないぞ」

「はい」

猪狩は、大盛り飯の丼、納豆と生卵、シャケの切り身の皿、さらに味噌汁をトレイに載せ、大沼がついたテーブルの向かい側に座った。

周りを見回すと、ほとんどの捜査員たちは食事を終えたらしく、残っているのは、ほんの数人だった。

「防弾チョッキ？」

「車に載せてあります」

「警棒？」

「車にあります」

「拳銃は？」

「飯が終わったら保管庫から出します」

「よし。今日は常時携行だ」

「はい」

猪狩はご飯に生卵をかけながら、箸で飯を掻き回した。

大沼は味噌汁を一口飲むと、卵かけご飯を箸で掻き込んだ。猪狩も大沼に遅れを取らぬように、大急ぎで箸で飯を掻き込む。

ようやく食べ終わった。

「茶だ」

大沼が猪狩の前に湯呑み茶碗を置き、急須の茶を注いだ。

「お、ありがとうございます」

大沼は自分の茶碗を持ち上げ、口に運んだ。

「沼さん、今日は、何からやります？」

大沼は茶を飲み、どんとテーブルに茶碗を置いた。

「マサ、いっておく。指示待ちデカになるな。自分の頭で考えろ」

「は、はい。しかし」

「しかしもくそもない。うちのチームは、口ばっかりのゴンゾウはいらねえ。チームに入りたかったら、自分の頭で考え、率先して行動する。こうと思ったら相手がだれでも遠慮するな。いいな」

「分かりました」

猪狩はうなずいた。

ゴンゾウか。俺もゴンゾウにはなりたくない。

ゴンゾウは警察官生活の年季を重ねたベテランなのに、それを鼻にかけて、いつも偉そうにして、自らは動かない刑事のことだ。

「さて、今日は、どうするか？　マサ、おまえなら、何をする？」

猪狩は一瞬考えたが、迷わずにいった。

「トーマス栗林を攻めたいですね」

「よし、それで行こう」

大沼はちらりと腕時計に目をやった。

「よし、出動は十五分後の九時だ。それまでに、準備しろ」

「はい」

「今日は、マサ、おまえが運転しろ」

「分かりました」

猪狩は空になった丼や器をトレイに載せ、大沼のトレイも持ちながら、食器洗い場に運んだ。

大沼は席に座り、テレビを観ながら、煙草を吹かしていた。食堂は禁煙なのに、と猪狩は頭を振った。

猪狩は警務課に急いだ。保管庫から拳銃を取り出さなければならない。

猪狩はトイレを済ませ、洗面所で身仕度(みじたく)を整えた。急いで地下駐車場へ駆け降りた。案(あん)の定(じょう)、大沼は地下駐車場の老守衛と談笑していた。

「お待たせしました」

猪狩は大声でいいながら、老守衛に挨拶(あいさつ)した。

「若いの、沼さんに負けずがんばれよ」

老守衛はにんまりと笑い、三本指の挙手の敬礼をした。ボーイスカウトの敬礼だ。

大沼は足早に駐車場のホンダCR－Vへと歩き出した。猪狩も急いだ。

猪狩はホンダCR－Vの運転席に体を入れた。助手席には、大沼が乗り込んで煙草を咥えていた。猪狩がジッポの火を点けて差し出した。

「うむ。マサ、イチトク（第一特殊犯捜査）に電話を入れろ。犯人たちから何か要求が来ていないか確かめろ」

「了解」

猪狩はケータイを取り出し、第一特殊犯捜査の水口班長代理のダイヤルを押した。ケータイを耳にあてていると、すぐに水口班長代理の声が返事をした。

『猪狩か。そっちで何か分かったことがあったか？』

「いえ。何もありません」

水口班長代理のがっかりした声が耳に聞こえた。

『嘘じゃねえだろうな。おまえら、すぐに隠し事をするから信用できねえ』

「嘘じゃないですよ。犯人たちについて、何か分かったら必ず話しますよ。そちらの様子はどうですか？　犯人たちから、トーマス栗林のところに何か要求はありましたか？」

『それが、もう一日以上経(た)っているというのに、犯人たちから何の要求もない。マル害がいた広告代理店KOUKAIにも、トーマス栗林のところにも、いってきていない。だから焦(あせ)っているんだ。どうやら、これは普通の営利目的誘拐事案じゃねえなってな。なんかウラの事情があるってな』

「いま代理はどちらにいるのですか？」

『トーマス栗林に張り付いて、野郎のヤサから引き揚げるところだ』

「引き揚げる？」

『野郎、会社に出勤するっていうんだ。トーマスは一応、事情が分かったので、犯人たちから電話やメールがあったら、すぐに通報するし、捜査にはいくらでも協力する。だから、これ以上つきまとわないでくれ、仕事をする上で差し障(さわ)りがあるというんだ』

「じゃあ、いまは、トーマス栗林とは一緒ではないんですね」

『トーマス栗林の車の後を追って走っている。これから、彼はオフィスに戻るといっている』

「飯島舞衣のことを心配していないんですかね」

『そうなんだよ。トーマスの野郎、自分が付き合っていた女だというのに、恋人ではない、ただの女友達だから、と。心配はしているらしいが、自分にも仕事があるので我々に付き合っていられないってさ。あまり真剣には彼女のことを心配していない。いくら日系とはいえ、アメリカで育つと、他人に対して、あんな風に冷たくできるのかねえ』

　水口班長代理は呆れた声でいった。

「これからどうするんです？」

『トーマス栗林に張り付いて、犯人からの電話かメールが来るのを待つ』

「飯島さんが通っていた広告代理店には、誰か張り付いているんですか？」

『もちろんだ。尾崎班長が張り込んでいる。だが、あちらにも犯人たちは何もいってきていない』

「分かりました。また連絡します」

　猪狩はケータイを切った。車を駐車スペースから出して走らせた。

　大沼は煙草の煙を車外に逃がしながらいった。

「犯人たちから何もいってこないか」

「ええ。ないみたいです。なぜ、誘拐犯たちは、会社やトーマス栗林に何も要求をして来ないのですかね」

「うーん。どうしてかな」

「犯行グループは飯島さんが公安の警察官と知っていた上で誘拐したのでしょう？」

「だったら、要求する相手は公安の上司の誰かではないですか」

「うむ」

大沼は煙草の煙を吹き上げた。

「ちげえねえ」

大沼は内ポケットからポリスモードを取り出した。ダイヤルを押し、通話ボタンをオンにした。大沼は猪狩におまえも聞けと目配せした。猪狩も急いでポリスモードを取り出し、耳にあてた。ポリスモードは同時に九人までが通話ができる。通話相手が出た。

『真崎だ』

「理事官、本部に誘拐犯から何か要求は入っていませんか?」

『ない。突然、どうして、そんなことを訊く?』

大沼は猪狩の顔を見た。

「犯人たちは飯島が公安捜査員だと知っていたとすれば、連絡して要求する相手は、出向していた広告代理店とか、恋人のトーマス栗林とかではなく、直接の上司の理事官ではないか、となりませんか?」

真崎理事官は息を止めた。

『……たしかに、そうだな。犯人たちが飯島の身元を知っているとしたら、当然のこと、上司の私のところに要求を出してきてもいいはずだな。だが、いままでのところ、犯人たちから何もいってこない』

「理事官、猪狩です」

猪狩はたまらず受話口にいった。

「自分の考えでは、犯人たちは理事官ではなく、舘野チームを動かしていた柄沢警備局長に要求しているのではないか、と思いますが」

『うむ。なるほど』

「理事官、柄沢警備局長に犯行グループから、何か交換条件の要求を受けていないか、尋ねていただけませんかね」

真崎理事官は黙った。

相手が、警察庁ナンバー2の警備局長となると、その下にいる真崎理事官としては、非常に尋ねづらいところがあるのかも知れない。

大沼が声を殺していった。

「もし、警備局長に事情を聴きにくいようでしたら、おれ達がやりますが」

『いや、いい。私が尋ねてみる。しかし、もしかすると警備局長のところに犯人たちから要求が来ても握り潰されている可能性がある』

「なんですって？　そんなことをされたら、飯島の命が危なくなるではないですか」

『分かっている。万一にも、そんなことがないように、警備局長に私からお願いしておく』

猪狩は大沼と顔を見合わせた。

お願いするとは、日頃強気の真崎理事官も警備局長に対して、だいぶ弱腰に過ぎるではないか。

何か、そうせざるを得ないウラの事情があるというのか？

真崎は言い訳をするようにいった。

『しかし、まだ犯人たちからの要求が、警備局長にあったというわけではない』

大沼が声を圧し殺していった。

「犯行グループは、なぜ、舘野チームを攻撃して全滅させたのか。おそらく舘野チームが作業していたことが、彼らにたいへん重大な脅威になっていたのではないのですか」

『うむ』

「いったい、舘野チームは何をしていたのです？　それが分からないと、飯島奪還のメドがつきません。保秘だとして、我々だけでも知らないと動きが取れないのですが」

猪狩は大沼の意見に賛成だった。よくぞ、いってくれたと心の中で拍手をしていた。

猪狩もいった。

「理事官、ぜひ、舘野チームがやっていたことを教えてくれませんか？　保秘なんていっていたら飯島を救い出すことができません。手遅れになってから、舘野チームが何をしていたかが分かっても何の役にも立たない。犯行グループの正体も分からずにいては、我々は目隠しして、凶悪な犯人たちを手探りして捜しているようなものです」

『分かった。警備局長に舘野チームに関する保秘を解除するよう進言しよう。全部は解除できなくても、一部でもいいので、捜査に役立つ情報は開示してほしい、といおう』

「理事官は、本当に舘野チームが何をしていたのか、ご存じないのですか？」

『まったく知らないといえば嘘になる。だが、どこから保秘で国家機密になるのか、はっきりしないので、話せないのだ』

「飯島さんを助けるためです。これ以上は保秘を破ることになる、ぎりぎりのところまで話してくれませんか。お願いします」

猪狩は祈る思いで、ポリスモードの受話口にいった。

真崎理事官は黙った。

猪狩は大沼と顔を見合わせた。

駄目か？　いや、真崎理事官はきっと話してくれる。猪狩は心の中で念じた。

『……分かった。私の知っているかぎりで話そう。舘野班長のチームは極秘に中国政府要人の亡命を工作していた。その要人が誰かはもちろん、我が国公安が、そのような亡命工作に加担していることが、すべて国家機密として保秘になっている。もし、それらをメディアが嗅ぎ付け、全貌が明らかになれば、中国政府は日本政府に厳重に抗議をしてくるだろうし、日中関係に影響が及ぶ。いまの日中関係は以前よりも良好になりつつある。そんな時に、中国政府要人の亡命に日本の公安がかかわっていたとなれば、一挙に日中関係は悪化しかねない。だから、どこの誰が舘野チームを襲い、全滅させたのかとか、飯島はなぜ誘拐されたのかなどを、公安事件としては明らかにできない。すべて事故あいは普通の刑事事案として扱う。それが総理官邸の方針なのだ』

「官邸の方針だというのですか？」

猪狩は思わず声を洩らした。大沼はしたり顔でいった。

「つまり、国家の意志というわけですね」

『そうだ。だから、これから捜査で判明することも、一切が保秘になる。世には出されない。そこのことは覚悟しておいてくれ。いいな』

「はい。承知しました」

大沼はうなずき、猪狩に目でどうする、といった。猪狩も仕方なくうなずいた。

「猪狩も承知したとのことです」

猪狩は、ようやく事態の概略が見えてきたように思った。

『よし。ところで、新しい情報だ。舘野チームの重傷者で意識不明の二人がいたな。今朝、そのうち一人が亡くなった。もう一人は、いまも依然重篤な状態にあり、ICU（集中治療室）に入っている』

大沼が訊いた。

「もう一人、重傷者がいましたね。意識はあるが、事故のショックで口がきけなかった男が」

『うむ。木下刑事だな。木下刑事はようやく口がきけるまでに恢復した。いま、浜田チームの捜査員が木下から何が起こったのか、事情聴取をしているところだ。そのうち、こちらに報告が上がって来ることだろう』

「了解。通話終了します」

大沼はポリスモードの通話ボタンを押し、電話を切った。自動的に猪狩のポリスモードも通話が終わった。

大沼は笑いながらいった。

「マサ、話がおもしろくなったな」

「そうですかね。まだ、自分には五里霧中の話で、迷路に踏み込んだような気分です」

大沼は煙草を咥え、猪狩に手を出し、ジッポを出せという仕草をした。猪狩はジッポを取り出し、火を点けた。

「おれには事案の絵が見えて来たぜ」

「どんな絵です？」

猪狩は大沼を見た。大沼は煙草の煙をふーっと吹き上げた。

「犯行グループは中国の諜報機関か、その命を受けたエージェントだ。対するは日本の公安、舘野チームだ。舘野チームは、どういう経緯か分からないが、中国政府要人の亡命を助けた。中国党中央は諜報機関に亡命者の奪還を命じた。舘野チームの亡命工作は成功し、うまく亡命者を中国から日本か海外に運び出した。怒った中国党中央は諜報機関に舘野チームへの報復を命じた。全面戦争をしかけて舘野チームを全滅させ、匿っていた亡命者を奪還しようとした」

「なるほど。しかし、中国の諜報機関は亡命者を奪還できなかった？」

「そうだ。できなかったから、その事情を知っていそうな飯島を拉致誘拐した。そういう筋書きが読めるだろう？」

「亡命者は、いま、どこにいるのですかね？」

「それだ。亡命者は日本に亡命するつもりだったか？　それはない。官邸の連中は中国政府要人の亡命者を受け入れるような度胸はない。いつもアメリカや中国の顔色を見ているような連中だからな。だから、亡命者は、日本を経由して、どこかほかの安全な国へ亡命しようとしていた。日本は単なる通過地点だ。さて、亡命者はどこに逃げると思う？」

「アメリカか、イギリスですかね」

「うむ。おそらくアメリカへの亡命を希望しただろう。舘野チームは、きっとアメリカに亡命者を送る手助けをした。それを知った中国は、諜報機関に命じて、亡命を阻止しようと舘野チームを総攻撃した。亡命者もろともに葬り去れ、とな。こう筋書きを考えれば、事案の捜査の方向が見えて来るだろう？」

猪狩は唸った。

「そうですね。舘野チームは、亡命者の意向を聞いて、アメリカに相談した。おそらく相手はアメリカのＣＩＡか、そのエージェント。それを知った中国は焦って、舘野チームを襲撃するという強硬手段を取った。なんとしても亡命を阻止したい、と」

「そういうことだ。よし。マサ、やはり、飯島舞衣の周囲を見回す限り、まずトーマス栗林が怪しい。やつがＣＩＡの要員となれば、飯島との接点となっておかしくない」

大沼はにやりと笑った。

「では、どうします？」

「トーマス栗林には、イチトクが張り付いている。我々が口を挟む余地はない。彼らに任せよう。それよりも懇親会で飯島をトーマス栗林に紹介した野郎がいたな？」

「英国の新聞の特派員でしたね」

「そいつを捕まえて、トーマス栗林が何者かを探ろう。脇から捜査するんだ」

「了解」

猪狩はサイドブレーキを解き、ホンダCR－Vを出した。通りに出ると、赤灯を回し、車の流れに覆面PCを入れた。

4

猪狩は覆面PCを丸ノ内に向かって走らせた。

電話で日本特派員協会に問い合わせると、ロンドン・ガゼット紙の東京支局は英国大使館内にあるとのことだった。ロンドン・ガゼットは、日本でいえば官報にあたる政府刊行新聞だった。ロンドン・ガゼット紙は英連邦の加盟国や、旧植民地や旧自治領などに、記者を派遣していた。

かつて英国の植民地だった香港を、1997年に中国に返還した後、香港にあった支局は東京に移されていた。

ショーン・ドイル記者に連絡を取ると、たまたま仕事で日本特派員協会に来ているので、協会にあるメイン・バーで会おうとなった。

「日本特派員協会か。問題のところだな」

大沼は助手席でポリスモードをいじりながらいった。

「何が問題なんです？」

「昔、ソ連のKGBのスパイのスタニスラフ・A・レフチェンコが日本へ新聞特派員として派遣され、いろいろなスパイ活動をしていた。そのレフチェンコは、その後アメリカに亡命し、『KGBの見た日本』という暴露本を書いた。レフチェンコによると、日本特派員協会には各国の諜報機関関係者が屯していたそうだ。つまりはスパイの巣窟だってことだ」

「ほんとですか」

「スパイはジャーナリストを隠れ蓑にする場合が多い。特にロシアや中国なんかのスパイは、本物の記者に紛れて、ジャーナリストの顔をして入国しているケースも多い。用心しねえとな」

「分かりました。用心します」

猪狩は丸ノ内ビル街に車を走らせ、丸ノ内二重橋(にじゅうばし)ビルの地下駐車場に入れた。

二人はエレベーターで五階に上がった。レセプション・デスクの日本人女性にショーン・ドイル記者と面会の約束があると告げると、すぐにメイン・バーへ通してくれた。

明るいガラス張りの窓からは、暮れ泥(なず)む丸ノ内のビル街が望めた。

メイン・バーには客がほとんどおらず、閑散(かんさん)としていた。開けた窓側のテーブル席で、ダークスーツにブルーのネクタイを締めた紳士然とした壮年の男が、ラフなジャケット姿の白髪に白髯(ひげ)を生(は)やした初老の男と談笑していた。

ショーン・ドイルという名前はアイリッシュに多い。どちらの男も一見、アイリッシュに見えるので、猪狩はどちらがショーンかと迷った。大沼も分からないらしい。とりあえず、猪狩は年輩者(ねんぱいしゃ)である白髪の男をショーンと決めて、声をかけた。

「ショーン・ドイルさん？」

「ノウ」

白髪の男は頭を左右に振り、ダークスーツの男に顔を向けた。

「あ、ショーン・ドイルは私です」

ダークスーツの壮年(そうねん)の男が手を上げた。

広い肩幅。ダークスーツが筋肉質な体付きを覆い隠している。明るく澄んだ青い双眸。理知的な広い額。整った眉。引き締まった口元に薄い唇が横一文字にきりりと結ばれている。苦味走った顔。壮年の落ち着いた雰囲気を感じさせる。眉間に深い縦皺があるのは、神経の細やかさを示しているのか？

「じゃあな、ショーン」

白髪の男はショーンに手を上げ、猪狩たちにも会釈して、バーから出て行った。

「警察です。ご協力をお願いします」

猪狩と大沼は小声でいい、それぞれ警察バッヂではなく名刺を出した。バーには、ほかにも会員の特派員たちが談笑している。報道の自由、言論の自由を守るジャーナリストの牙城である日本特派員協会に、公権力の警察官が公然と立ち入るのは憚られる。猪狩と大沼にも、そのくらいの遠慮はあった。

ショーン・ドイルは黙って名刺に目を通した。猪狩と大沼はあらためて名乗った。

「これは尋問ですか？」

ショーン・ドイルはひんやりとした声で訊いた。流暢な日本語だった。

「いや、尋問ではありません。相談です」

「相談？　じゃあ、飲みながらでいいですね」

「もちろん、どうぞ」

ショーン・ドイルは、ウエイターに手を上げた。アイリッシュ・ウイスキーのオンザロックを追加した。

「あなたたちも、いかがです？」

「ありがとう。でも、まだ仕事中なので」

猪狩は断った。大沼は迷った様子だったが、何も言わなかった。

猪狩は大沼に自分が先に質問をしてもいいか、と目で訊いた。大沼はうなずいた。

「我々は、いま困っています。ぜひ、ショーン・ドイルさんの力をお借りしたい」

「どうしたのです？」

ショーン・ドイルは口元に笑みを浮かべ、碧の眸が猪狩を探るように見つめた。顎に小さな縦皺が刻まれていた。

「実は、我々の同僚の飯島舞衣が何者かに誘拐されたのです」

「キッドナッピング？」

「そうです」

ショーンの碧の眸が大きくなった。

「犯人は？」

「分かりません。それで調べているのです」

「犯人からの要求は？」

「まだ、どこにも来ていないのです」

「どこにも、というのは、どういうことですか？」

「会社にも友人にも、我々警察にもです」

「飯島舞衣さんの両親家族には？」

「実は、まだ飯島舞衣さんが誘拐された事件は、公にしてありません。ですから、両親家族にも内緒にしています」

「犯人の目星はついているのですか？」

「おおよその見当はついています」

「誰ですか？」

「それは……」

猪狩がいおうとした時、大沼が手で制止し、それ以上は喋るなと押さえた。

「捜査の秘密なんで」

「捜査の秘密ですか」

ショーン・ドイルは困惑した顔になった。

　ウエイターがトレイに載せて、オンザロックのグラスを運んで来た。

「サンクス」

　ショーン・ドイルはグラスを口に運び、琥珀(こはく)の酒精(アルコール)を飲んだ。

「ショーン・ドイルさんは、飯島舞衣さんと親しかったそうですね」

「ショーンと呼んでください。たしかに飯島舞衣さんとは仲良しです」

「どのような関係ですか？」

　ショーンは一瞬、目をしばたたいた。

「ただの友達です。男女の関係とかではない」

「どこで知り合ったのですか？」

「ここです。彼女はここのアソシエート会員なので、いろいろな会合や懇親会でご一緒し、親しくなったのです」

「ええ？　飯島舞衣は、日本特派員協会の会員になっているのですか？」

　猪狩は大沼と顔を見合わせた。

　飯島舞衣が日本特派員協会の会員だとは初耳だった。

「意外でしたか？」

「意外ですね。彼女はジャーナリストではない。入会の資格があったのか、どうか」

猪狩は大沼と顔を見合わせた。ショーン・ドイルは目尻に皺を寄せて笑った。

「彼女はたしかにジャーナリストではないが、広告代理店『ＫＯＵＫＡＩ』のマスコミ対応コーディネーターとして、日本特派員協会に登録されています」

「なるほど、そういうことか」

猪狩は納得した。大沼が脇から尋ねた。

「ショーンさん、トーマス栗林さんはご存じですね」

「はい。彼の会社オフィスは、この近くの丸ノ内ですし、よく存じています」

「トーマス栗林さんは、どういう方ですか？」

「彼は日系アメリカ人のビジネスマン。彼が飯島舞衣さんの誘拐と何か関係があるのですか？」

「あるかどうかを含めて、我々は可能性のすべてを調べています。彼女が最後に会ったのがトーマス栗林さんだったこともある」

ショーンは訝った。

「では、あなたたちは、トーマスが飯島舞衣さんの誘拐に関わっていたと見ているのですか？」

「いえ。そういうわけではありません。しかし、トーマス栗林さんと飯島舞衣さんは恋人の間柄だったのではないかと見ています。ところが、肝心のトーマス栗林さんは、あまり飯島舞衣さんを心配していないように見える。それは、なぜなのか、我々は少々不審に思っているのです」

ショーンは笑った。

「ははは。トーマスと舞衣さんが恋人関係ねえ。トーマスは、結構女性関係が多いから、そう疑われても仕方ないですね。だが、それはないでしょうね、トーマスに限って」

「ない？　どうしてです？」

「トーマスは妻帯者ですよ。本国に奥さんと子供もいる。それ以上はプライバシーなので個人の秘密ですがね」

ショーン・ドイルは、にやっと笑った。猪狩は大沼と顔を見合わせた。

それ以上に個人の秘密を明らかにさせるためには、こちらの捜査の秘密を明らかにせねばなるまい。取引を持ち掛けて来たのだ。

大沼は無視しろ、と目で猪狩にいった。

猪狩は話を戻した。

「トーマスさんは、あなたに飯島舞衣さんを紹介されたといっていましたが」

「その通りです。舞衣さんが私に、ぜひトーマスを紹介してくれ、というので、ある企業主催のパーティ会場で、彼女をトーマスに紹介しました。その後、二人がどう付き合いを深めたのか、私は知りません」

ショーンは肩を竦めた。

大沼が首を傾げた。

「飯島舞衣の方から、トーマス栗林に接近したというのか？」

「そう。彼女がトーマスに関心を抱いた様子だった」

「彼女はトーマス栗林について、どんな関心を抱いていたのですか？」

「トーマスは、日本でどんな仕事をしているのか、とかですね」

「何と答えたのです？」猪狩が訊いた。

「トーマスは会社の仕事として、日本をはじめ、中国、東南アジア諸国に、アメリカの電子製品を売っている、と」

大沼が目を細めて尋ねた。

「ショーンさん、あなたから見て、トーマス栗林は、どこか怪しいところはありませんかね」

ショーン・ドイルは、突然の問いに驚いた様子だった。

「怪しいというのは、どういう意味ですか？」

「もしかして、トーマス栗林さんはアメリカCIAではないか、と我々は見ているのですがね」

「ふうむ」

ショーン・ドイルは考え込んだ。

「CIAかどうか、本人に訊いたことがないので、答えようもないけれど、もしかすると、そうかも知れませんね。実は飯島舞衣さんも、同じような疑問を持っていたようなのです」

猪狩は大沼と顔を見合わせた。

ショーン・ドイルが、にやっと笑った。

「飯島舞衣さんが誘拐されたのには、何か裏のわけがありそうですね。どうですか、それを教えてくれませんか？　私も協力できることがあるかも知れない」

「いや、大丈夫。ありがとう。猪狩、引き揚げよう」

大沼は礼をいい、猪狩に出ようと促した。ショーン・ドイルがふと何かを思い出したようにいった。

「ちょっと待ってください。飯島舞衣さんについて、一つ思い出しました」

「何です？」

「彼女、協会の会員でもある中国メディアの記者と廊下で立ち話をしていました。かなり真剣な面持ち（おももち）で話していたので、私は彼女に話し掛けるのを遠慮して、そっと通り過ぎたのですが」

猪狩は大沼と顔を見合わせた。猪狩がきいた。

「いつのことです？」

「数日前です」

「相手の記者は誰です？」

「あれは北京日報の記者陳（チェン）さんでしたね」

「チェンさんのフルネームは？」

「チェン・ユーハン」

ショーン・ドイルはスマホを取り出し、猪狩と大沼に見せた。

陳宇航。北京日報東京特派員。

猪狩はメモ帳に名前を走り書きした。

「ほかに、彼女が付き合っていた中国人記者はいましたか？」

「さあ。分かりません。ここには、大勢の中国人特派員が協会に入っていますので、付き合おうとすれば、誰とでも付き合えますからね」

ショーン・ドイルは頭を左右に振った。

大沼が出ようと猪狩を促した。

猪狩はショーン・ドイルに向いて礼をいった。

「ご協力、ありがとうございました。もし、何か思い出したら、名刺にある番号に電話をください」

「分かりました。私ができることが何かあったら電話をください。いつでも協力します。飯島舞衣さんが早く戻ることを祈ります」

ショーン・ドイルは手を上げた。

猪狩は腕時計にちらりと目をやった。午前十一時を過ぎていた。知らぬ間にだいぶ話し込んでいたらしい。下りてきたエレベーターに乗り込みながら、猪狩は大沼にいった。

「沼さん、ショーン・ドイル、どう思いました？」

「ううむ。おそらく、やつはイギリスの諜報機関員だ。用心に越したことはない」

「舞衣さんが真剣に話していたという陳宇航は？」

「陳宇航は中国の新聞の特派員だろう？　あの国の新聞記者は、みな共産党員でかつ公務員だ。海外特派員は共産党中央公認のばりばりの党員で、かつ中国安全部が派遣した諜報部員と思っていい。こいつの身元を洗っておけ」

「了解」

猪狩はポリスモードを出した。陳宇航の名前を人物データベースにかけて検索した。

陳宇航。顔写真、空港ロビーでのスナップ写真が表示された。瘦せぎすの狐顔の若い男だった。簡単な経歴が表示された。

上海工科大学卒。青年共産同盟員。共産党員。国務院勤務。北京日報東京特派員。中国安全部員と見られる。

猪狩は陳宇航の顔写真を頭に刻み込んだ。

エレベーターは地下一階の駐車場フロアに下りた。扉が開いた。

「あい。大沼」

大沼はエレベーターから降りながら、ケータイを耳にあてた。

「なんだと？　徐、もう一度いえ」

大沼はケータイを差し出し、猪狩にも聞こえるよう耳に寄せた。

『……ガリユウが動いている』

徐英進の擦れた声だった。

「何？　ガリユウがどうした？」

『沼さん、おれ、やられた。……畜生』

『ガリュウだ。……沼さん、……ガリュウを調べろ。……おれもガリュウにやられた……親父に……親父にいってくれ……』

徐英進の声はとぎれとぎれになり、次第に弱々しくなっていく。

「徐、どこにいる？　助けに行くぞ。どこだ？」

『シャングリラ会館の裏……』

通話は急に終わった。大沼はケータイに大声で徐の名を呼んでいた。

猪狩は駐車場のホンダＣＲ－Ｖに向かって走りだした。走りながらポリスモードを取り上げ、緊急指令センターを呼び出した。

「至急至急。緊急救急要請通報。最寄りのＰＭ、ＰＣ、救急車を派遣されたし」

『現場を知らせ』

「現場は新宿歌舞伎町二丁目、シャングリラ会館の裏手。男性一名が、暴漢に襲われ、ダウン。怪我（けが）をしている模様」

『被害者の氏名は？』

「マル害の氏名は、徐英進。捜査協力者につき、保護されたし。我らもこれより現場に駆け付ける」

『了解。現場に最寄りのＰＭ、ＰＣ、救急車が向かっている』

猪狩と大沼は覆面ＰＣホンダＣＲ－Ｖに両側のドアを開けて乗り込んだ。

猪狩は乗り込むと同時にエンジン・ボタンを押した。エンジンが掛かった。

「急げ」

大沼に急かされ、猪狩はホンダＣＲ－Ｖを急発進させた。タイヤの軋む音が地下駐車場の天井に反響した。ホンダＣＲ－Ｖは勢いよく坂道を駆け上がり、出口から飛び出した。

覆面ＰＣは、赤灯を回転させ、サイレンを吹鳴させながら、大通りを駆け抜けた。

5

歌舞伎町のシャングリラ会館の裏路地の入り口には、何台ものパトカーが停車し、警察官が規制していた。昼の最中なので、大勢の野次馬が集っていた。

猪狩たちの覆面ＰＣが到着した時には、すでに救急車が徐英進を救急病院へ搬送した後だった。

封鎖された現場の路地の入り口には警官が立番し、路地では鑑識課員たちがしゃがみ込み、採証作業を行なっていた。

大沼は覆面PCを降り、現場の前に立っていた警察官に近寄った。

「ご苦労さん、マル害の様子は？」

「ご苦労さまです」

警察官は挙手の敬礼で大沼と猪狩を迎えた。

「重傷です。我々が駆け付けた時は、だいぶ出血していて心肺停止状態でした」

「襲った犯人は？」

「目撃者の通行人何人かによると、犯人たちは四、五人で、バットやナイフで二人の男を襲っていたそうです」

「襲われたのは二人だって？」

「そうらしいです。一人は逃げた様子です。逃げ遅れたマル害がナイフやバットで襲われたらしい。しかし、マル害は一人で四人を相手に立ち回り、もう一人に逃げろと叫んでいたそうです」

「おたくらは何だ？」

後ろから声がかかった。猪狩と大沼が振り向くと、いかにも刑事(デカ)風な二人の男が立っていた。二人は険(けん)のある目で大沼と猪狩を睨んだ。

「四谷(よつや)署か？　ここはジュクショ（新宿署）の管内だぞ」

「おれたちは、公安だ」

大沼が突っ慳貪に返答した。刑事たちは威高に叫んだ。

「公安だと？」

「バッチを見せろ」

大沼と猪狩は内ポケットから警察バッヂを出し、紐を首に吊るした。刑事たちは顔を見合わせた。

「なんでハム野郎が、ここに出張っているんだ？」

大沼は胸を突き出し、怒声を上げた。

「おまえらこそ、本当にデカか？　ニセデカじゃないのか？」

二人は慌てて内ポケットから警察バッヂを取り出し、大沼と猪狩に提示した。

それまで猪狩たちに応対していた警官たちは困惑した様子で、双方の間に立ってうろうろしていた。

所轄の刑事たちは大沼と猪狩に怒鳴った。

「なんで、あんたらがここに？」

「おれたちが110番に通報したんだ」

「あんたらが通報した？」

「マル害はおれたちの捜査協力者だ。その彼がここで襲われ、おれたちに助けを求めてきた」

刑事たちは顔を見合わせた。

「じゃあ、やつの身元は分かっているのだな」

「身元は分かっている」

若い方の刑事が舌打ちをした。

「あの野郎、それで我々に名前をいわなかったのか」

壮年の刑事が大沼を睨んだ。

「野郎の名前は何というのだ？　教えろ」

「徐英進」

「在日中国人か？　仕事は？」

「それ以上は保秘だ。いまはいえん。追って上司を通し、住所や身元を知らせる」

「保秘だと。ふざけやがって、保秘だとよ」

壮年の刑事は忌ま忌ましげにいい、若い刑事とまた顔を見合わせた。

「公安さんよ。じゃあ、この事案はおたくらが扱うっていうんかい？」

「そうさせて貰う」

大沼のケータイが震動した。大沼はケータイを耳にあてた。

「了解です」

大沼はケータイの通話を切った。大沼は猪狩にそっと囁いた。

「ボスからだ。上がりは二〇時。いいな」

「了解」

猪狩はうなずいた。

刑事たちは不貞腐れた。

「応援を呼んだんだな。勝手にやんな。おれたちは撤収しようぜ」

「ちょっと、待ってくれ」

猪狩は立ち去ろうとする刑事たちを引き止めた。

「沼さんも向きにならず、自分を抑えてくださいよ。公安だ刑事だと角突き合わせていがみ合うこともないでしょう。こちらの新宿署の刑事だって、一生懸命事件の捜査をしようとしているのだから」

猪狩は刑事たちに向き直った。

「被害者の身元などは、後で必ずお知らせしますから、この事件の捜査をお願いします」

「……マサ」大沼は不満そうな顔をした。猪狩は大沼に向き直った。

「我々は、いまほかの事案の捜査に追われているじゃないですか。この事件にまで手は回りません。ここは土地鑑もある所轄の刑事たちにお願いするのが筋ですよ」

「まあ、そうだな」

大沼は渋々うなずいた。

刑事たちはおやっという顔をした。壮年の刑事が低い声でいった。

「じゃあ、この事案は、おれたちに任せるのだな」

「お任せします」

猪狩は大沼を抑えていった。

「横から、おたくらが口を出すことはねえだろうな」

「口出ししません。こうした刑事事件の捜査は刑事専門の捜査員にお任せします」

「なら、いいだろう。念のため、おたくの名前、教えて貰おうか」

猪狩は名刺入れを出し、警察庁警備局の名が入った名刺を壮年の刑事に渡した。

「猪狩誠人巡査部長か。覚えておこう」

「あなたは?」

「おれか? 名刺は持っていない。千野隼人。新宿署刑事課マル暴担当だ。階級は巡査部長。こいつは、朽木巡査、同じくマル暴刑事だ」

「よろしく」

　朽木巡査は猪狩に頭を下げた。猪狩は大沼を振り向いた。

「こちらは、公安刑事歴十七年のベテラン、大沼巡査部長」

　大沼はそっぽを向いていた。猪狩はいった。

「捜査の結果、マル害を襲った犯人たちが分かったら、我々にも回してくれませんか？ただの事件ではないような気もするので」

「いいだろう。な、朽木」

　千野刑事は朽木刑事と顔を見合わせて、うなずいた。

「まずは、付近の路地やコンビニの防犯カメラの映像を調べる。そうすれば犯人たちを特定できるはずだ」

「じゃあ、カメラの映像を集めますか」

　朽木刑事が路地周辺を見回した。路の両脇はラブホテルが居並んでいる。どこかにプライバシーを侵害しないように配慮しながら、巧妙に隠した防犯カメラがあるはずだった。

　さらにシャングリラ会館の横の通りを抜ければ、花道通りだ。犯人たちが花道通りを逃げれば、各所に設置された監視カメラから逃げることはできない。

　大沼がポリスモードを耳にあてながら、猪狩に怒鳴った。

「ここは彼らに任せて、新宿中央病院に行くぞ。徐は、そこに救急搬送されたそうだ」

「は、はい。了解」

大沼は覆面ＰＣに率先して乗り込んだ。

猪狩も急いで覆面ＰＣに駆け寄った。

千野刑事と杤木刑事が顔をしかめて猪狩たちを見ていた。猪狩は片手で拝み、「あとは頼みます」と声に出さずにいって頭を下げた。

エンジンをスタートさせ、猪狩は車を花道通りに走らせた。

6

新宿中央病院救急医療センターは一階の東側病棟にある。猪狩は救急外来の出入口にある病院関係者専用駐車スペースに車を入れて止めた。

「マサ、受付で救急搬送された患者を問い合わせろ」

大沼は足早に救急外来の入り口に入って行った。猪狩も急いで大沼の後を追った。

ＩＣＵ室は玄関を入ってすぐの廊下の先にあった。いまもストレッチャーに載せられた患者が、いくつも並んだＩＣＵ室の一つに運び込まれ、白衣姿の医師や看護師に囲まれていた。

猪狩は救急外来の受付に寄り、警察バッヂを見せ、女性看護師に歌舞伎町で暴漢に襲われて重傷を負い、救急搬送された患者について尋ねた。

徐英進は、救急2号室に収容されていると分かった。

大沼と猪狩は救急2号室に赴(おもむ)いた。廊下からガラス窓越しに、集中治療室のベッドに横たわった徐英進が見えた。酸素マスクを装着し、輸血のチューブや点滴のチューブに繋がれている。心電図の波形が移動する度(たび)に、規則正しい電子音が響いていた。容体(ようだい)は安定している様子だった。

看護師や医師は近くにおらず、別の救急患者の治療にあたっていた。

大沼は廊下の端に行って、ケータイでどこかに電話を掛けていた。

控え室には、救急搬送された患者の家族らしい人々が沈痛(ちんつう)な面持ちで身を寄せ合っていた。その中で、一人ぽつねんとして長椅子に座っている青年がいた。二十代後半の年齢の男だった。手に革製の男用ポシェットを持っていた。ラフなポロシャツ姿で、どこかで転んだのか、シャツが土で汚れていた。肘(ひじ)に痛々しい擦(す)り傷があった。

青年は猪狩と目が合うと、そっとうつむいて目をそらした。

猪狩は青年の隣に座った。青年はどきりとし、席をずらして少し空けて座り直した。

「きみだな。徐英進と一緒にいたのは」

青年はさっと顔色を変え、ポシェットを握って、さっと立ち上がろうとした。猪狩は素早く青年の腕を押さえた。青年は抗おうとした。

「心配しないでいい。警察だ」

猪狩はジャケットの前を開き、警察バッヂを見せた。小声でいったつもりだったが、一斉に待機していた家族の目が猪狩と青年に注がれた。

「ちょっとお茶でも飲みに出よう」

青年はうなずいた。猪狩は青年の腕を取り、控え室から廊下に出た。ケータイを終えた大沼は猪狩と青年を一瞥すると、すぐに事態を察知し、廊下の行く手にさり気なく立った。

青年の軀が硬直した。猪狩は青年の背を押した。

「大丈夫、彼も刑事だ。心配ない」

「おれ、何もしてないっす」

「分かっている」

大沼が先を歩き、猪狩は青年の背を押すようにして廊下を歩いた。救急外来の隣には、一般外来の待合室があった。猪狩は青年を待合室の前の自販機に促した。

「何を飲む？」

猪狩は自販機に五百円硬貨を入れ、ボタンを押した。缶コーヒーが音を立てて、受け口に転がり落ちた。

「おれは喉が乾いたから、ボスを飲む。きみは何が飲みたい？」

「……コーラを」

猪狩はボタンを押した。受け口にコーラのボトルが転がった。青年はポケットに手を入れ、硬貨を捜した。

「いいよ。おれの奢(おご)りだ。沼さんは？」

「おれは日本茶の十二茶がいい」

猪狩はボタンを押した。日本茶のボトルが受け口に落ちる音が響いた。ついで、おつりがスロットに音を立てて転がった。

「そこの空いた席に座ろう」

猪狩はコーラのボトルを青年に手渡し、待合室の長椅子の端に腰を下ろした。青年は素直に、猪狩と大沼の間に挟まれて座った。

猪狩は缶コーヒーのプルトップを引き、黙ってコーヒーを飲んだ。大沼もボトルの栓を開け、何もいわずにお茶を飲む。青年は戸惑った顔をしていたが、同じようにコーラのボトルを口に付けて飲んだ。

猪狩と大沼は待合室にいる人々にさり気なく目をやり、不審人物がいないかと探った。大沼が目でクリアと合図した。猪狩も点検異常なしとうなずいた。

猪狩は笑顔を作って青年にいった。

「おれ、猪狩。あちらは、大沼さん。二人とも、徐英進とは顔見知りで親しくしている。きみの名は？」

「……おれ、松島（まつしま）。松島ワタル」

ワタルは航海の「航」の字だといった。

「徐英進とは、どういう間柄だい？」

「おれの兄貴分。これまでいろいろ世話になっているんだ」

「そうか。徐英進は兄貴分か。で、いったい、何があったのだ？」

「兄貴から、あることを頼まれた」

「何を頼まれた？」

「おれ、シャングリラで、電気係として働いているんだ。それで、兄貴から出入口の防犯カメラの映像を記録したCD－Rを持って来るようにいわれた」

「それで、持ち出したのかい？」

「うん」

松島はうなずいた。

「そのＣＤ－Ｒは持っているのか？」

松島は抱えていたポシェットを開け、中から一枚のＣＤ－Ｒを取り出した。

「実は、シャングリラの出入口にある防犯カメラの映像記録を観ることができないか、と頼んだのは我々だった」

「うん、兄貴から聞いた。おれが持っていても仕方ないので、これは刑事さんに渡す」

松島はＣＤ－Ｒを猪狩に手渡した。

「そうか。ありがとう。助かる」

「それ、この三ヵ月ほどの出入りの記録のはず」

猪狩は大沼にＣＤ－Ｒを渡した。

「きみらを襲った連中は誰か分かるかい？」

「分かりません。でも、シャングリラの用心棒たちかもしれません。きっとおれが内緒で防犯カメラのＣＤ－Ｒを抜き取ったのを見て、取り返すために追って来たのだと思う」

「そうか。見覚えのある顔はあったかい？」

松島は考え込んだ。

「いや、知った顔はなかったように思います」

「じゃあシャングリラの用心棒ではないな」

大沼は頭を振った。

「これから、どうする？」

「もうシャングリラには戻れない。仕事がなくなった。それで、どうしようか、と兄貴に相談しようと思っていた」

松島は悲しげに救急病棟の方を見た。

大沼が声を落として聞いた。

「兄貴分の徐英進が電話で急を報せて来たとき、ガリュウがどうの、といっていた。おまえはガリュウって、何のことか分かるか？」

「ガリュウ？」松島は怪訝な顔をした。

「そうか。知らないか」

大沼は、ふと救急病棟の出入口を見て、腰を上げた。

「お、来たか。マサ、英進の親父の徐英福が見えたぞ」

猪狩は救急病棟の出入口に目をやった。やや腹が出た太めの男が受付の職員と何事かを話していた。職員があたふたとＩＣＵ室のある廊下へ消えた。

「知らせたのですか？」

「うむ。万が一の場合があるのでな。念のため、知らせておいた」

大沼は救急病棟へ急ぎ戻った。猪狩も立ち上がり、松島にいった。

「きみも来い。徐英進の親父には会ったことはあるのかい？」

「一度、兄貴に連れられ、挨拶したことがある」

猪狩は大沼の後を追って救急病棟のＩＣＵ室へ向かった。後から松島が付いてくる。

救急２号室の前の廊下には、白衣を着た医師が徐英福と大沼と話し合っていた。

医師は徐英福に徐英進の容体について、詳しく話している様子だった。

「……胸部や腹部を何箇所も刺され、大量出血していましたが、縫合手術が成功しましたので、出血は止まりました。いまは薬が効いているので眠っています。容体も安定しています。このまま容体が急変しなければ、大丈夫でしょう」

「先生、ありがとうございます。私の跡取り息子の命を救けていただいて……」

徐英福は禿頭をしきりに医師に下げて礼をいった。医師は徐英福を励まし、ＩＣＵ室へ戻って行った。

「…………」

徐英福は、集中治療室のベッドに横たわる息子の英進をじっと見つめていた。

並んで立った大沼がいった。

「徐会長、英進が暴漢たちに襲われた時、我々に電話で報せてきた。ガリュウにやられた、と」

「ガリュウにやられただと？」

徐英福は大沼を振り向いた。徐の目は怒りに燃えていた。

「ほんとに、息子はガリュウにやられた、といっていたのですな」

「たしかにそういっていた。ガリュウが動いている、とも」

徐英福は太った軀をぶるぶると震わせた。

「おのれ、よりによって、私の大事な倅を殺そうとするとは。これが私が長年かけてきた恩義へのお返しだというのか。許せぬ」

「徐会長、ガリュウとは、いったい何なのだ？」

徐英福はじろりと大沼を振り向いた。

「臥龍です」

「臥龍？　それは何なのだ？」

「日本や中国の地下世界の闇に深く潜んでいる暗黒組織です。大義のためなら、テロや殺しを厭わない秘密の暗殺組織です」

「秘密の暗殺組織？」

大沼は猪狩と顔を見合わせた。徐英福は小声でいった。

「臥龍は、元々は世界各地に住む客家人を守るための自衛組織でした。客家人が、三合会など黒社会に攻撃されたり、時の政治権力によって弾圧されると、臥龍が動き、客家人を守るために戦うのです」

「臥龍は、三合会や黒社会とは違うのですか？」

猪狩が訊いた。徐英福は猪狩を見て、こいつは何者かと怪訝な顔をした。大沼が猪狩を紹介した。猪狩も慌てて名乗った。

「お若い人、三合会や黒社会は犯罪組織の秘密結社です。臥龍は、暗殺組織ではあるけども、犯罪組織や秘密結社とは一線を引いていました。これまでのところは。二十一世紀ともなり、世の中は曲がりなりにも平穏になり、我々客家人を脅かす黒社会や独裁政権も少なくなった。そのため、この一世紀、臥龍は休眠し、伏龍となっていたのです」

猪狩が訊いた。

「その臥龍が目覚めたというのですか？」

「息子が臥龍にやられたということは、そういうことでしょうな。だが、なぜ、臥龍が突然に動き出し、息子が襲われたのかが分からない」

徐英福は頭を振った。猪狩はいった。

「先程、徐会長は、臥龍は恩義に反して、息子を襲った、許せぬと怒っていましたね。臥龍のことをよく知っているのですね」

「客家人なら知っています。向こうも、私たちのことをよく知っているはず。それなのに、私たちに敵対するとは……」

「徐会長、臥龍のボスは誰なのです？」

「それを客家人以外に、やたら教えるわけにはいきません。臥龍は客家の秘密ですから」

大沼が徐英福の腕を取り、廊下の端に寄せた。小声で徐の耳元に囁いた。

「実は、我々公安の一チームが何者かに襲われて、全滅したのです。要員が十一人も殺された。重体だった一人が死んだので犠牲者は十二人にもなる」

「十二人も死んだというのですか」

「そこで、何者の仕業なのか、徐英進に調べて貰っていたのです」

「なんですと、息子に調べさせていたですと」

徐英福は大沼を睨んだ。

「全滅したチームは、中国からさる要人を亡命させようとしていたらしいのです。極秘の任務なので、我々もその計画は知らされていない。だから、徐英進が臥龍を調べろと電話でい残したのは、公安チームを襲ったのは、臥龍だと目星がついたからではないか、と」

徐英福は大きくうなずいた。

「分かりました。調べましょう。息子がなぜ殺されかけたのかも調べます」

「有り難い。徐会長が調べてくれれば百人力、いや千人力になる」

「ところで、徐さん」

猪狩は、ＩＣＵ室の窓に縋(すが)り付くようにして見ている松島を徐英福に紹介した。その臥龍の男たちに追われているとも。

「この青年は、徐英進を兄貴分として慕(した)っている男です。暴漢たちに襲われた時も、徐英進と一緒だった。彼が暴漢たちの顔を覚えているそうです。きっと調べる上で役立つと思います」

「そうでしたか。追われているなら、私が引き取りましょう。安心しなさい」

徐英福は鷹揚にうなずき、松島の肩を叩(たた)いた。

「マサ、そろそろ引き揚げよう」

大沼が猪狩に撤収を指示した。猪狩は徐英福に一礼し、大沼と一緒に出口に向かった。

第四章　奪還(だっかん)

1

猪狩は大沼とともに、「田村町」に戻った。夜八時からの捜査会議は、定刻通りに開かれた。

会議の冒頭、黒沢管理官が挨拶(あいさつ)もなしに、檄(げき)を飛ばした。

「残るは二十七時間だ。これからの二十四時間が正念場(しょうねんば)だ。飯島舞衣救出のため、死に物狂いで捜査にあたってほしい。みな頑張ってくれ。では、これまで判明したことを伝える。第一に、SSBCが防犯カメラ、監視カメラ、ドライブレコーダー、Nシステムなどを駆使(くし)し、飯島舞衣の監禁場所のエリアを絞り込んだ。エリアは川崎の港湾地区の倉庫街のどこかだ。今後は、捜査一課や神奈川県警と連携し、機捜や公機捜の全部隊を投入、倉庫街を隅から隅まで、徹底的にローラーをかける。誘拐犯グループを摘発し、飯島舞衣を救い出すことに全力を挙げる。いいな」

「はいッ」

捜査員たちは勢いよく返事をした。

「作業開始は明朝六時。それまでに各部隊の担当地域の分担を決め、配備を行なう」

黒沢管理官は金縁眼鏡を押し上げ、会場を見回した。

「第二に、舘野チームを襲撃し、全滅させた犯行グループが判明した。犯行グループは、中国人裏社会のマルトクの情報により暗殺集団『臥龍』と判った」

捜査員たちは騒めいた。

黒沢管理官はじろりと大沼と猪狩に目を流した。

「この『臥龍』の構成員、ボス、背後関係などまだ不明だが、中国黒社会やヤクザよりも組織立っている凶悪なテロリスト組織だ。襲撃した手口から見て元中国軍人の戦争のプロフェッショナルと思われる。彼らは中国の秘密諜報機関、中国安全部の指導を受けていると見られる。捜査活動や逮捕にあたっては、防弾ベスト着用、拳銃常時携行し、敵の攻撃に備えよ。正当防衛と判断したら、躊躇なく拳銃を使用してよし」

また捜査員たちは色めき立った。

「第三に、彼らに襲撃され、瀕死の重傷を負った舘野チームの三人のうち、また一人が死亡した。これで犠牲者は協力者を含めて十三人に上る。なお、残る一人木下巡査は意識が回復した。彼の証言によると、舘野チームが何を行なっていたのかが判明した。上層部は、その内容を依然として保秘扱いにしているが、我々は保秘を無視し、飯島舞衣救出を最優先する。これによって起こる問題については、私と真崎理事官がすべて責任を取る」

捜査員たちは静まり返った。真崎理事官は、話をする黒沢管理官の隣で腕組みをし、静かに目を閉じていた。

黒沢管理官は続けた。

「しかし、保秘とされている国家秘密については、我々だけが共有する内部情報とし、他言は無用だ。特にマスコミ、週刊誌記者に絶対に洩らしてはならない。万が一洩らした者には、責任を取らせる。公安から叩き出す」

黒沢管理官はまたじろりと捜査員たちを見回した。いったん言葉を止め、一息ついて話を続けた。

「その木下巡査によると、作業内容は中国政府要人コードネーム王大海を亡命させ、その身柄をアメリカCIAに引き渡すことだった。ところが、情報が洩れたらしく、敵の攻撃によって作業は頓挫し、王大海の身柄の確保ができなかった。さらに、その後の王大海の行方は分からない」

　会場の捜査員たちは前にも増して騒めいた。

「王大海は、いつ中国を出て、いつ日本のどこに入ったのか？　足取りは分かっているのですか？」

「作業は、わが国の舘野チームが主として行なったのですか、それともＣＩＡがやることを舘野チームが支援したのですか？」

「コード名王大海とは誰なのですか？」

　捜査員たちはつぎつぎ手を挙げ、さまざまな疑問を黒沢管理官にぶつけた。

　黒沢管理官は捜査員たちの疑問をいちいちメモし、メモを見ながら一つ一つ疑問に答えた。

「王大海の正体は、依然保秘とされている。中国政府要人としか分からない。我々はコードネーム王大海のままでいく」

　黒沢管理官はみんなを見回した。

「王大海の足取りだが、正確には分からない。舘野チームの要員によると、マカオで身元を偽り、イギリス船籍の豪華クルーズ船『エリザベスⅡ』に乗船して出国、船は神戸と横浜に寄港した。横浜に寄港した際、舘野チームは王大海を保護する予定だった。だが、迎えに行った舘野チームの要員は王大海を見失い、王の保護に失敗した。王大海はどうやら横浜港に到着後、見張っていた舘野チームに気付かれないように降り、別の誰かに連絡をし、姿をくらましたと思われる。あるいは、神戸に寄港した時に、予定を変えて下船した可能性もある。これは調べ直す必要がある」

黒沢管理官は顔を上げた。

「浜田管理官、きみのチームは王大海の船上での行動、足取り、不審な行動がなかったかを調べろ。さらに迎えに出た舘野チームの要員の引き取り作業の段取り、ＣＩＡへの引き渡しの方法などを捜査してほしい」

「了解」

浜田管理官は、早速部下の班長を壇上に呼び付け、ひそひそと何事かを指示した。

黒沢管理官は続けた。

「それから、王大海亡命作戦は、日本が主なのか、アメリカが主なのか、という問いがあったが、日本には正直いって、そうした作戦を行なう力もカネもない。政府は日米関係を最重要とする一方、日中関係を悪化させるようなことは極力避ける方針だ。おそらく舘野管理官は官邸の命令で、ＣＩＡに協力支援したのだろうと思う。舘野チームのハンドラーである柄沢警備局長は何もいわないが、官邸はアメリカ政府の要請を受けたのだ、と私は考えている」

猪狩は「質問」と手を上げた。黒沢管理官は猪狩を指名した。

「管理官、我々は舘野チームの任務を引き継ぐのですか？　王大海なる亡命者を捜し出し、身柄をCIAに引き渡す、そこまでやるのですか？」

「理事官、どうしますか？」

黒沢管理官は真崎理事官を振り向いた。真崎理事官は組んでいた腕を解いた。

「我々の任務は舘野チームの作業を引き継ぐことではない。いまのところ、上から、そういう指示は出ていない。我々の最優先事項は飯島舞衣の救出だ。それ以外は考えないでいい。みんなにいっておく。我々公安はアメリカCIAの手先でも下っ端でもない。我々公安は日本国家のために命をかける。日本国民の生命財産を守るために活動する。そのことを肝に銘じておいてほしい」

真崎はいい終わると、猪狩に顔を向けた。猪狩は分かりました、と声に出さずに目で返事をした。

「第四に、これは捜査報告だ。大阪堺市まで東アジア運送会社のトラックに運ばれた飯島舞衣のケータイだが、科捜研がケータイにあったデータを解析した。メールや通話の交信相手が全部判明した。拉致される直前のメールのやりとりは、トーマス栗林との間で交わされた文面で、会食の場所や時刻についてのやりとりだった。この会食は飯島の都合により、キャンセルされていた」

黒沢管理官は報告書のページをめくり、話を続けた。

「電話での交信の内容はいずれも不明だ。最後の交信相手は真崎理事官。その前に、飯島は複数の人間と交信している。いま、黒沢班が交信相手の特定作業を行なっている。これまで判明した交信相手は、広告代理店『KOUKAI』の上司や同僚、クライアントの会社の広告担当者、日本特派員協会の事務局、協会員である英国人記者ショーン・ドイル、中国人記者陳宇航（チェン・ユーハン）、台湾人記者陸仁啓（ルー・レンチー）などの名前が挙がっている。さらに貿易会社員のトーマス栗林と頻繁（ひんぱん）に通話していたことが分かった。通話相手をリストアップし、うちの班が片っ端（かたっぱし）からあたって、何を話していたかを調べている。事件に関係がありそうな通話相手は、特に中国人記者、台湾人記者については、身元の調査も行なっている。いま少し時間がかかりそうだ」

黒沢管理官は手元のお茶のボトルに口を付け、喉（のど）を潤（うるお）した。

「ついで第五、これも捜査報告だ。海原班長は飯島の部屋にあった盗聴器のバグに偽（にせ）情報を入れて、盗聴者を誘（おび）き出した。現場に現われたマル被を一人逮捕。すぐに尋問を開始したが、頑強（がんきょう）に完黙（かんもく）している。現在、マル被が所持していたスマホのデータを、科捜研と

ＳＳＢＣが解析している。だが、データはほとんど中国語なので、マル被は中国人と見られる。スマホでのコール・ネームは曽(ソン)。我々もコード名『曽』とする。曽について、ＣＩＡ、ＦＢＩほか関係諸国に身元についての情報提供を依頼しているが、まだいい返事はない。海原班長、きみから何か付け加えることはあるか？」

黒沢管理官は、最前列にいた真崎チームの海原班長に顔を向けた。海原班長は手元の資料を見ながら答えた。

「曽は飯島を誘拐した犯行グループのモノホンの一員だ。なんとしても、曽の口を割らせ、飯島の監禁場所を特定したい。曽の人着(にんちゃく)（人相着衣）の映像データをポリスモードに上げるので、捜査に利用してほしい。曽に関するどんな些細(ささい)な情報でもいい、おれのところに寄せてほしい。以上」

「よし。曽の口を割らせるためなら、多少手荒い尋問をやってもいい。飯島の命がかかっているんだ」

「了解です。任せてください」

海原班長は大きくうなずいた。

「共有すべき情報については以上。理事官、何かありましたら」

黒沢管理官は真崎理事官に顔を向けた。

真崎理事官はうなずいて立ち上がった。

「時間がなくなって来ている。きっと飯島は、苦しめられている。いまがピークだ。各班、各捜査員は、全力をあげて捜索してくれ。どんなことでもいい、飯島救出に役立つことであれば、やってくれ。すべての責任は私が取る。では、みな、直ちに作業に取り掛かってくれ」

「起立！」

捜査員全員が一斉に椅子から立ち上がった。

「敬礼！」

捜査員たちは、腰を斜めに折り、真崎理事官に敬礼した。

大沼は大きく伸びをし、ポケットからCD-Rを取り出して、ひらひらさせた。

「さて、おれたちは飯島が、いったい誰とシャングリラに行ったのかを調べるとするか」

「了解」

猪狩も立ち上がった。

本部には、一応、防犯カメラや監視カメラなどの映像データを解析する部署がある。

廊下に出て、データ解析室に入ろうとした時、内ポケットのケータイが震動した。猪狩は大沼に「ちょっと」と手を上げ、ケータイを耳にあてながら廊下に残った。

『ミスタ・イカリ?』

外国人の声が聞こえた。猪狩は「イヤ。フーイズスピーキング?(誰ですか?)」と応えた。

『ショーン。ショーン・ドイル。いま、お電話、大丈夫ですか?』

流暢(りゅうちょう)な日本語が聞こえた。

「大丈夫。会議が終わったばかりで、ちょっとほっとしている時だから」

『よかった。会議が終わったところで、ちょっと会いませんか。赤坂にいいフィッシュ&チップスを知っていましてね。そこで軽く飲みながら、個人的にお話ししたいのですが』

猪狩は英国紳士のショーン・ドイルの取り澄ました笑顔を思い浮かべた。

「実に魅力的な提案ですね。だが、いまはまずい。仕事がたいへん立て込んでいましてね。仕事が終わったら、いくらでもお付き合いしますが」

『長い時間は取らせません。ほんの少しの時間でも割(さ)いていただけませんか。大事な仕事の話があります。あなたにとっても、私にとっても』

「大事なお話というのは何ですか?」

『電話ではお話しし難(にく)い。重大な要件です』

「ほう。どういう意味で重大だと?」

『あなたたちの同僚、ミス飯島にかかわることです』

猪狩は即座に会うのを承諾した。

「分かりました。すぐに行きましょう。どこへ行けばいいのですか？」

ショーンは、何か重大な情報を入手したのに違いない。それを報せようというのだ。

猪狩はショーンの指定する場所を頭に記憶して、通話を終了した。

データ解析室のドアを開けて入った。大沼がデータ解析室の職員と一緒にモニターを覗き込んでいた。

モニター画面は中央の十字により、四等分されていた。その四つの画像に玄関やロビーを出入りする人たちが映っていた。

「飯島だ。拡大しろ」

大沼が画面の一つを差して叫んだ。係員がダイアルを操作し、画面をズームアップした。

猪狩は大沼が指差した画像に目を凝らした。

飯島舞衣だった。ナイトドレスで着飾った飯島舞衣が、ダークスーツに黒い蝶ネクタイを締めた男にエスコートされ、ロビーに入って行く。男は日本人だった。

「止めろ。男の顔を拡大しろ」

小さな人物の画像が停止した。モニター一面に拡大された男の顔が現われた。見知った顔だった。

舘野忠雄。警視庁公安部外事課管理官。

「舘野管理官じゃないか」

大沼は思わず唸(うな)った。

「どうして、飯島とシャングリラに乗り込んだのか？」

猪狩も意外に思った。

画像はまだ続いた。ロビーでクラブの支配人らしい女性とスタッフが、舘野と飯島を歓待していた。

女性はショートカットの髪型をしており、すらりとスタイルもいい。

猪狩はいった。

「沼さん、この女、元タカラジェンヌの重藤あきらですよ。シャングリラの社長。ＣＣとチャーリー・チャンのお気に入り。クラブの経営を任せている」

「分かっている。一緒にＣＣがいるはずなんだが」

画面には、ロビーに奥から現われて、重藤あきらと一緒ににこやかに舘野と飯島を迎えている初老の男が映っていた。腹が突き出て、でっぷりと太った体付きをしており、頭は禿げ上がってくりくり坊主になっている。

「こいつだ。いつの映像だ？」

「いまから十日前の夜ですね」係員が答えた。

映像の隅に撮影日時が記録されていた。

「この画像を写真にしてくれ」

大沼は係員に頼み、猪狩を振り向いた。

「マサ、何か用か？」

「急用ができました」

「何だ？」

「ショーン・ドイルから呼び出しがかかったんです」

猪狩はショーンとのやりとりを話した。

「よし。飯島のことで何か分かるかも知れない。行ってくれ」

「沼さんは？」

「おれはＣＣの出入国の記録を調べておく。もし日本を離れていたら、会いたくても会えないからな」

「了解。じゃ、後で連絡しあうことに」

猪狩は大沼に軽く手を上げて敬礼し、部屋を出た。

2

猪狩は赤坂通りのTBS放送センター近くで、タクシーを降りた。ちょうど右手から一ツ木通りが合流するT字路になったところで、目の前に細いエンピツビルが建っていた。ショーンが指定してきたフィッシュ&チップス『スカイフォール』は、そのエンピツビルの三階にあった。猪狩がエレベーターで三階に上がり、『スカイフォール』の扉を開けると、店は客が数組ほどしかおらず、閑散としていた。壁面にスコットランドの荒涼たる原野の写真が貼られていた。

ショーン・ドイルはバーの止まり木でグラスを傾け、年輩のバーテンダーと談笑していた。

猪狩を見かけるとショーン・ドイルは手を上げ、笑顔で迎えた。バーテンダーがショーンと猪狩を窓側のテーブルに案内した。テーブルの上には、予約席という札が置いてあった。

猪狩はショーンと握手をし、テーブル席に向かい合って座った。

「ここはフィッシュ&チップスが美味(おい)しくてね。日本に来たときから、ずっとここを贔屓(ひいき)にしているんだ。バーテンダーはアイリッシュで、私の郷里の町の近くの出身でね。それで気が合うことも、ここが好きな理由になる」

ショーンはバーテンダーにアイリッシュ・ウィスキーのオンザロックを注文した。猪狩は酒棚にあったスコッチ・タリスカーのオンザロックを頼んだ。

ショーンは意外な面持(おもも)ちをした。

「日本人でもタリスカーが好きな男がいるんだな」

「ゆっくりしている時間はない。用件を聞こう」

「日本人はせっかちだな」

ショーンは笑い、青い澄んだ目で猪狩を見つめた。

「きみはMAこと謀殺同盟(マーダー・アライアンス)を知っているかい？」

「マーダー・アライアンスだと？　知らない」

「そうだろうな。MA、つまりMurder Allianceの頭文字だ。我々もその存在を知ったのは、つい最近のことだ」

「そのMAとは何なのだ？」

「暗黒社会(アンダーグラウンド)で、このところ急速に台頭して来た暗殺集団だ。彼らは中国、ア[illegible]リカ、

シアのみならず、韓国、そして日本の中にも勢力を伸ばしている闇の同盟組織だ」

「はじめて聞いた。どんな連中が同盟になっているのだ？」

「たとえば、きみたちと全面戦争になっている臥龍がその一員だ」

猪狩はぎょっとして、ショーン・ドイルを見つめた。

なぜ、ショーンは臥龍との戦争を知っているのか？

ショーンには臥龍のことなど、これまで一言も話していない。ショーンは、青く澄んだ目で猪狩を見た。

「おまちどうさま」

バーテンダーがトレイに載せて、二つのグラスを運んで来た。フィッシュ＆チップスが大盛りになった皿も二人の前に置いた。

「これが、この店の売りの品だ。故郷を思い出す味なんだ」

ショーンはバーテンダーに礼をいい、フィッシュ＆チップスを摘んで頰張った。バーテンダーが引き揚げていくと、ショーンはさり気なくいった。

「臥龍は飯島舞衣を攫った。きみらは彼女をなんとしても取り戻したいのだろう？」

「どうして、飯島舞衣が臥龍に攫われたことを知っている？」

「説明すれば長くなる。我々も時間がない。無用な詮索を避けるため、先に我々の正体を明かしておこう。ただし、きみにだけだ。我々は……」

猪狩は待てと、ショーンが話すのを手で止めた。

「きみはイギリス諜報部ＭＩ６だろう？」

ショーンはにやりと笑った。

「その通り。我々もきみたちが普通の刑事警察ではないことを知っている。きみたちは警察庁警備局の外事警察だろう？　それも主に防諜(ぼうちょう)が任務、つまりスパイハンターだ」

「よく分かったな」

ショーンは当然だろうと頭を振った。

「そんなことより、飯島をどう取り戻すかが先決だろう」

「うむ。だが、ショーン。一つ、その前に聴いておきたい。飯島舞衣ときみの関係だ。いったい、どうなっているのだ？」

「気になるか？　そうだろうな。あれだけの美人は、そういない。舞衣は我々の貴重な協力者だ」

「彼女はダブルＳ(スパイ)か？」

猪狩は息を飲んだ。飯島舞衣が、もし公安警察の情報をイギリスのＭＩ６に流しているとしたら大問題だ。特定秘密保護法に引っかかるような国家機密を洩らしていたら、即刻逮捕される。

「Sではない。カウンター・アライアンスのパートナーだ。情報交換者、そういう意味での協力者だ」

「カウンター・アライアンスとは？」

「MAに対抗して手を結んだ対抗同盟だ。相手は国際的に暗躍するMAだ。それに対して、一国で対抗するのでは不十分だ。我々英国MI6と、日本公安警察の現場要員が連携する。飯島舞衣は、我々と手を結ぶにあたって、直属の上司の許可を得ている」

飯島舞衣の上司といえば、真崎理事官。

しかし、真崎理事官は飯島舞衣について、そんなことを一言もいっていなかった。

「彼女は上司の名を挙げたか？」

「上司のMとしか聴いていない。我々MI6の長官もMだから、偶然にしても面白いな」

真崎理事官は同盟に同意しているということか。ならば、安心でもある。

ショーンは真顔になった。

「提案がある。飯島舞衣の救出のため、きみとぼくの間で同様に、私的な日英アライアンスを結ばないか？」

「どういうことだ。国同士の同盟なら分かるが」

「同盟は国でなくてもいい。現場の我々個人が互いに手を結んで敵に対する。緊急のレスキュー同盟だ」

「おれは公安刑事だ。諜報機関員ではない。それも、下っ端も下っ端の警察官だぞ」

「組織を代表するトップではないというのだろう？」

「その通りだ」

「だから、いいんだ。私も平の諜報部員だ。自分の活動の範囲なら、自分で決定する権利はあるが、組織の決定には必ずしも携わるわけではない。トップ同士だと、必ず政治や国益が絡んで来る。個人的に簡単に処理できるものも、上が絡んで来ると途端に、事態がややこしくなる。せっかくの連携もできなくなる。もし、国と国の同盟となったら、トップ同士が正式に交渉し、協約や条約を結んだりしなければならない。いろいろ政治的にも経済的にも社会的にも難しい問題がある」

「そうだろうな」

「だが、下っ端同士がユナイトして同盟を結ぶのは、互いの信頼さえあれば、そう難しいことではない。国同士ではない、個人同士の同盟なら、いろいろなことが協力し合えて、結果的に国にとっても利益になる」

猪狩は思わぬショーンの提案に、乗っていいものか、悪いものか、迷った。

「ミスタ猪狩、あなたたちの組織、警察庁警備局の外事や警視庁公安部を調べた。あなたたち公安警察は、防諜警察だ。諜報機関ではない」

「その通りだ。ところで、ショーン、おれをマサトと呼んでくれ」

「分かった。マサトだな」

「警察は犯罪を防止する組織であり、諜報組織ではない」

「マサトは、そんな警察の弱点を知っているか？」

「弱点？」

「イリーガルな捜査ができないことだ」

「たしかに、違法な捜査は憲法で禁じられている」

「それから、武器使用において、いろいろ制約があるはずだ。たとえ相手が凶悪犯であっても、やたらに銃器を使うことはできない。武器も拳銃のような小火器に限るとか、いろいろ制約があるだろう？」

「うむ。日本の警察は拳銃や銃器の使用の厳しく制限されている。凶悪犯の狙撃でさえ、簡単には許されない」

「我々ＭＩ６は違う。軍隊に準ずる機関として認められている我々は、非合法行為(イリーガル)が許されている。上の許可があれば、敵の暗殺も謀殺も行なうことができる」

「殺しの許可証を持っているということか？」

「その通りだ」

「まるで、映画007のジェームス・ボンドだな」

「007はエンタメ映画として戯画化され、かなり虚構が混じっている。エージェントはもっと地味で目立たない存在だ。あまりエージェントが目立っては、ヒューミントの役割を担えないからな」

猪狩は肩をすくめた。

「日本の公安警察は、暗殺や謀殺をするのは絶対に許されない」

ショーンはにやっと笑った。

「だから、こうしないか。逮捕はできるが、殺しができない日本公安警察官と、殺しはできるが捜査ができないＭＩ６の機関員が手を結び、飯島舞衣救出を行なう。私的な日英現場同盟というのは？」

猪狩は、どうするかを考え込んだ。

「同盟を結んだら、どうなる？」

「飯島舞衣についての、きみが知らない情報を提供しよう。彼女を救う上で役に立つはずだ」

「同盟を結ばなかったら？」

「我々だけで飯島舞衣の救出作戦を行なう。彼女は重要なパートナーだからな。だが、本当に彼女を救出できるかどうかは分からない。なにしろ、我々には日本での捜査権がない。どうする、サムライ」

猪狩は心を決めた。虎穴に入らずんば虎子を得ず。事後のことはなるようになれだ。もし、同盟を結び、逸脱行為をして処分されるにせよ、飯島舞衣を救けだせれば、警察官を馘にされてもいい。

猪狩は清水の舞台から飛び降りるつもりでいった。

「よし、分かった。きみと同盟を結ぼう」

「ベリーグッド。それでこそ、サムライ・マサトだ。じゃあ、契約成立だ」

ショーンはにやりと笑い、手を差し出した。猪狩はショーンと力強く握手した。

「では、飯島舞衣の秘密情報を話そう」

「どんな情報だ？」

「飯島は、なぜ、トーマス栗林に接近を図ったのかだ。彼女は何かトーマス栗林に不信を覚えていた。その不信を払拭するため、私にトーマスを紹介してくれ、といって来た」

「待て、その前にきみとトーマス栗林は、どういう間柄なのだ？」

「彼はアメリカＣＩＡ、私はイギリスＭＩ６。イギリスとアメリカは昔から結びつきが深く、緊密な友好関係にあるが、すべての情報を共有する味方ではない。双方とも国益が優先される。いってみれば、ＢＡつまりBetrayal Alliance裏切り同盟だ」

「裏切り同盟？」

猪狩は訝った。ショーンは笑顔でいった。

「ＢＡは表向きは仲良しの顔をしているが、その裏では平気で相手を裏切ったり出し抜いたりする。この諜報の世界では、よくあることだ。どこも自国ファーストで諜報活動をしている。ま、我が国も大英帝国時代から、そうやって生きてきたから、ほかの国を責められないがね」

ショーンは猪狩ににやりと笑った。

「だが、いっておくが、いまマサトと結んだ個人的な同盟は、裏切り同盟ではないからね。上の連中は、ともかく、現場でできた信頼関係はなによりも絶対だ。私と彼女の同盟関係もそうだ。マサトと結んだ同盟も、私がマサトを裏切ることは決してない」

「それは一応信じておこう」

猪狩は笑いながらいった。どこまでショーンが信じられるかは、これからの話次第だと腹を括った。

「彼女は、トーマス栗林を疑っていた」

「それは、どういうことだ？」

「きみたちがやっている作戦プランの情報がどこかで中国側に洩れていることが分かった。それで、洩れているのはＣＩＡからではないか、と彼女は疑り、調査していたのだ」

「我々がやっている作戦プランだって。彼女はそれをきみに洩らしたのか？」

猪狩は訝った。

「ははは。それはない。我々ＭＩ６は、いまも香港や北京、上海などに情報網を深く広く張り巡らしてある。中国共産党の大物が亡命したいと最初に打診(だしん)して来たのは、我が国の出先機関にだった」

「その大物というのは誰だ？」

ショーンは声をひそめた。

「林海(リン・ハイ)。チャイナ８(エイト)の一人。陰のナンバー２と目(もく)されていた要人だ」

「なに、林海が亡命したいというのか」

猪狩は公安捜査講習で習った中国指導部事情を思い出した。

中国中央の政治局常務委員は八人で構成されている。その八人の中で習近平(シー・ジンピン)は総書記と国家主席、中国共産党軍事委員会主席、つまり党のトップ、行政のトップ、軍のトップを兼任し、強大な権力を握っていた。

習近平の次に王岐山（ワン・シーシャン）国家副主席がナンバー2として控え、その下に李克強（リー・クーチアン）国務院総理など六人の常務委員がいる。

王岐山は習近平よりも年上だが、最側近として習近平に仕（つか）え、長年、党中央規律検査委員会書記として党幹部の汚職の摘発と粛清（しゅくせい）を行なって来た。その王岐山の下で、摘発と粛清の先頭に立っていたのが林海だった。

王岐山は長年の功績から国家副主席に引き上げられた。それに伴い、林海が党中央規律検査委員会書記になり、常務委員にも抜擢（ばってき）され、チャイナ8の一人となった。一時は、習近平の後継者として注目されていた。

「どうして、林海が亡命したいと言い出したのだ？」

「権力闘争に敗れたのさ。腹心（ふくしん）だった部下に裏切られ、上司の王岐山に汚職を嗅（か）ぎ付かれたらしい。林海は、この日が来ることに備えて、アメリカやスイスに莫大（ばくだい）な資金を蓄（たくわ）えていた。もちろん、ロンドンの銀行にもね」

「そうか。そういうことだったのか」

猪狩は、舘野チームが亡命支援をしようとしていた中国政府要人コード名王大海とは、林海のことか、と合点（がてん）がいった。

「どうして、あんたたちMI6は林海の亡命を引き受けなかったのだ？」

「引き受けようとしたさ。Mも了承していた。その情報をファイブ・アイズの誼で、アメリカに流したのがまずかったのだ」

ファイブ・アイズは、アメリカ、イギリス、カナダ、オーストラリア、ニュージーランドの英語圏UKUSA五カ国の諜報協定の通称である。加盟各国の諜報機関がエシュロンで傍受した通信内容や収集したビッグデータを共有し、各地の諜報施設、盗聴設備などを共同使用しようという協定だ。

日本やドイツ、フランスは、共通言語の英語圏ではないこともあり、ファイブ・アイズに入れて貰えない。

「どういうことだ？　アメリカが亡命者を横取りしようとしたとでもいうのかい？」

「そうだ。CIAが乗り出して来た。林海はチャイナ8として、重大な国家機密資料を持っている。そこで、CIAは林海を我が国でなく、アメリカに亡命させようと画策をはじめたというわけだ」

「その林海をどうして、日本の公安チームが扱うことになったのだ？」

「CIAがおたくの政府官邸に依頼したからだ。CIAは日本のきみたちを、まるで属国か手下のように思っている」

「どうして、ＣＩＡははじめから自分たちだけで、林海を亡命させようとしなかったのだろう？」

「中国と全面対決するのを避けたからだ。我々ＭＩ６が林海と接触し、うまくマカオに連れ出して、イギリス船籍の『エリザベスⅡ』に乗せた。そこからアメリカは我が国政府に猛烈な圧力を掛けてきた。林海を日本で下ろせ、と。下ろして日本に引き渡せ、とね。後はアメリカが日本から林海を引き取るから、と」

「そこで、舘野チームが動いたのか」

「飯島舞衣がトーマス栗林に不信を抱いたのは、そのことさ。トーマス栗林はＣＩＡが派遣した作戦のリーダーだからね」

「トーマス栗林はＣＩＡの作戦のリーダーなのか。彼女は、トーマス栗林がそうだと知っていたのか？」

ショーンはにやりと笑った。

「私が彼女に教えたのさ。彼女はトーマス栗林に接触して、ＣＩＡが、なぜ、日本の公安警察を使おうとしたのか、問いただそうとしていた。事実上、日本を使うな、と直談判(じかだんぱん)したようなものだ」

「ショーン、きみはどう思う？　ＣＩＡはＭＩ６から林海を横取りするのに、なぜ、日本の公安を巻き込んだのか？」

「CIAは、林海を亡命させようとしたら、謀殺同盟の臥龍が襲ってくるのを知っていたからではないか？　実は我々MI6も中国の奪還作戦を予想して、対策を練っていた。CIAは防衛策として、きみたちを盾にしたのだと思う。そうでないと、アメリカは林海を帰さぬと、中国と直接全面対決しかねない。日本を間に挟んでワンクッションにすれば、アメリカは日本が行なった亡命工作であり、自分たちは関係ないと言い張れる。さらに日本が引き受けられなくなった林海を引き取ったのだ、と中国にも言い訳できる。大物の林海の身柄を押さえておけば、今後の対中戦略に十分に活用できる。という思惑だろうな」

「なるほど。そういうことか」

猪狩は唸った。

日本公安はアメリカ政府やCIAに、いいように扱われたのか。そして、臥龍から全面戦争を仕掛けられ、多数の死傷者が出た。いったい、誰がこの責任を取るのだ？

猪狩は湧きあがる怒りを抑えていった。

「ショーン、飯島舞衣はどこに監禁されているのか？　どうやって彼女を救出するというのか」

「焦るな、マサト。飯島が臥龍に捕まっているなら、臥龍は誰がボスなのか？　どこに本拠があるのかを調べよう」

「うむ」

「それから、臥龍が次に何をやるかを予測する。臥龍は必ず飯島を人質にして、CIAに交渉を求めるだろう。CIAが相手にしなければ、日本の政府か公安のトップに人質交換の取引を持ち掛けるはずだ」

「そのことは、俺も上に主張した。まさかトーマス栗林がCIAの作戦リーダーだとは思わずにそういったのだが」

ショーンはにやりと笑った。

「だから、交渉してもCIAは人質交換には応じないだろう。我々MI6がCIAと同じ立場になったら、やはり林海を絶対に渡さない。ということは、国家の利益のために、飯島は殺されることになる」

ショーンは冷めた口調(くちょう)でいった。

「そうさせない方法は、二つしかない」

「二つ?」

「一つは、我々がCIAから林海を取り戻し、中国に返す。あるいは、いま一つは、今度は我々が臥龍のボスを拉致誘拐して人質にし、飯島と人質交換をすることだ。どちらも、荒っぽい手だが、その二通りの方法しかない」

猪狩は考え込んだ。

ＣＩＡから林海を取り戻すのは、非常に難しい。もし、そんなことをしたら、アメリカの顔色を窺う日本政府は仰天し、警察を動かして猪狩を潰しにかかるだろう。

かといって、もう一つの方法も実現するには難があり過ぎる。

ショーンは困った顔の猪狩を見かねた様子でいった。

「どちらもイリーガルな行為になるが、下手に合法手段を使えば飯島は救えない。イリーガルな手段で、ぶっつけ本番飯島を取り戻すしかない。サムライ、一緒にやるかい？」

3

猪狩は急いで田村町の捜査本部に戻った。時刻は夜の十一時を回っていた。

捜査本部は明朝早々の川崎港湾倉庫地区ローラー作戦の準備で騒がしかった。すでに先発組は捜査車両で川崎へと向かっていた。

大沼はパイプ椅子を並べて横になり、仮眠を取っていた。考えてみれば、朝からずっと動いていた。このまま徹夜を続けたら、考える力も鈍る、体力も落ちる。明日までに、自分も少しは仮眠が取りたい、と猪狩も思った。

「おう、マサ、戻っていたか」

大沼はのっそりと起き上がった。髪が寝起きで、ぼさぼさになっている。大沼は大欠伸(おおあくび)をした。

「ショーンの話はどうだった？」

「いろいろ分かりましたよ」

猪狩はパイプ椅子の背を前にし、跨(また)がるように座った。ポケットからピース・インフィニティを取り出し、一本を咥(くわ)えた。大沼は、おれにも、と手を伸ばした。猪狩は煙草(たばこ)を一本手渡し、ジッポで火を点(つ)けた。

「体に悪いぞ。おれも喫(す)うからあまりいえないが、煙草はやめた方がいいぞ」

「分かってますけど、これがないと、どうも頭が冴えない」

猪狩は煙を吹き上げてからショーンとの話を掻(か)い摘んで話した。

「亡命した北京の要人コード名王大海は、習近平の懐刀(ふところがたな)の林海でした」

「そうか。林海か。それは超大物だな。中国共産党の内幕をよく知っている林海がアメリカに亡命したら、習近平に大打撃を与えるかもしれんな。それで中国も必死なんだな」

「しかも、この臥龍との戦争、結構ウラがあるようです。ＣＩＡ、中国安全部、臥龍に、我が公安が絡み合って、三つ巴四つ巴の複雑怪奇な争いになっている」

「だろうな。で、そのキイポイントがトーマスか？」

「トーマス栗林ですね。トーマスはＣＩＡで、今回の亡命工作にも深く関わっている。なぜか、飯島もトーマスをマークしていた」

「そうか。こっちに入った新たな情報では、トーマスはアメリカ大使館に足繁く出入りしていた。それから、やつは新宿のシャングリラのオーナー徳田司郎ことＣＣとも、昔から懇意な関係だということも判明した。これはＦＢＩ情報だ」

「そうでしたか」

「それから、もう一つ。例のＣＤ‐Ｒの映像をチェックしていたら、三日前の夜に、護衛の者たちに厳重に囲まれた妙な男がシャングリラに入ったことが分かった」

「誰です？」

「夜なのにサングラスをかけ、大きなマスクで顔を隠し、車から降りると、四、五人のボディガードに囲まれ、そそくさとシャングリラ会館に入って行った」

「三日前ですか？」

「うむ。舘野チームが襲撃された前の日だ」

「ということは、林海？」

「おそらくそうだろう。それでいま、うちの班の田所代理たちが出て、シャングリラを張り込み、入館した人物の行確を開始している」

「顔認証や体型認証は？」

「マスクをかけているので顔認証はうまくいかない。体型認証は六十パーセントの確率で林海本人と出ているが、まだ不十分だ」

「そうですか」

「ところで、うち以外にも張り込んでいた野郎がいた。職質掛けしようとしたら、一斉に逃げ出したそうだ」

「もしかして臥龍のメンバーですかね？」

「あるいは中国安全部だ。だから、入館した男はますます林海である可能性が高い」

そうか、と猪狩は思った。臥龍が徐英進と松島を襲ったのは、シャングリラへの人の出入りを映した防犯カメラのCD-Rを奪おうとしてのことだったのではないか？

「沼さん、CD-Rには、飯島と舘野管理官は、十日前にシャングリラを訪れているのが映っていましたね。二人はオーナーのCCや女性支配人の重藤あきらに歓待されていた。二人は何のためにシャングリラに行ったのですかね」

「ううむ。分からん」

大沼は首を捻った。猪狩は内心で考えた。

飯島舞衣は俺が査察訓練をしていた時にも、三人組の男たちに襲われた。それも今回の事案の半年以上も前だった。彼らは臥龍だったのだろうか？　もし、臥龍だったとして、なぜ、そんな前から飯島舞衣を誘拐しようとしていたのか？

飯島舞衣には、どうも謎が多すぎる。

猪狩は煙草の吸い差しを灰皿に押し潰して立ち上がった。

「沼さん、真崎理事官は？」

「理事官室にいるはずだ」

「理事官に会って来る」

「おれも行こう」

大沼も立ち上がった。

猪狩は大沼とともに真崎理事官の部屋に上がった。

「お、ご苦労さん。何か分かったか？」

「飯島舞衣について、いろいろ分かりました」

猪狩はショーン・ドイルから得た情報を掻い摘んで報告した。

コードネーム王大海の正体について触れると、真崎理事官は大きくうなずいた。

柄沢警備局長がここに御出でになっていた。私が保秘を破って捜査をするといったので、直々に乗り出して来たのだ」

「警備局長はなんといっておられたのです？」

「まさか舘野チームが全滅するような事態になるとは、まったく考えていなかった、と衝撃を受けておられた。そして、コードネーム王大海の正体も明かしていい、とおっしゃった」

「いまさら遅いですね。もっと早く決断なさっていたら、十二人いや十三人も死なないで済んだはずです」

「うむ。この事案が決着したら、柄沢警備局長は責任を取って辞職されるそうだ」

「理事官、こうなった結果は、柄沢警備局長だけの責任ではないでしょう。国家の意思として、そうせよと命じたのは官邸ではないですか。下の者に責任を取らせて、それで済む問題ではないと思いますが」

「うむ」

真崎理事官は口をへの字に結んでうなずいた。猪狩は真崎を睨んだ。

「そういう命令を出した官邸の総理や官房長官らも責任を取るのでしょうね」

真崎理事官が猪狩を宥めた。

「猪狩、それ以上何もいうな。彼らは国民から選挙で選ばれた人たちだ。政府は国民から政治を行なうよう依託されている。民主国家においては、民主的に選ばれた国会議員が創る政府に、すべての公務員は否応もなく従わねばならないのだ」

大沼が笑いながら猪狩の肩を叩いた。

「マサ、おまえのいうことは正しい。だが、少しは真崎理事官の胸の内を察してやれ。真崎理事官だって腹を立てているし、辛いんだ。それでも、おれたち公安刑事は黙って国家に奉仕しなければならないんだ」

「それが公安刑事だというのですか」

猪狩は納得できなかったが、気を取り直して訊いた。

「理事官、もう一つ、お尋ねしたいことがあります」

「何だ？」

真崎理事官は猪狩に向き直った。

「理事官、臥龍から人質の飯島舞衣について、何か要求がなかったのでしょうか？」

「……あった。しかし、私のところではない。斎藤警察庁長官のところに臥龍の代理人を称する人物から要求があった」

「第一に暗号名王大海こと林海の身柄を中国政府に引き渡せ。第二に、今回の事件のすべてを日本政府は秘匿し、闇に葬れ、すべてなかったことにしろ、という二つだ」

「もし、断ったら、飯島舞衣の命はない？」

「そうだ」

「それで警察庁長官は何と回答なさったのですか」

「斎藤長官は自分は聞いていないと激怒された。この亡命工作は斎藤長官にも秘匿されていた。官邸マターだったからだ」

「官邸マター？」

「官邸から、長官の頭を越えて、柄沢警備局長に直接命令された極秘の中の極秘の作戦だったからだ。おそらく官邸はアメリカ政府からいわれたのだろうと思う」

「なるほど」

猪狩はショーンがいっていた通りだな、と思った。

「柄沢警備局長は斎藤長官に謝罪し、辞職を願い出た。斎藤長官は官邸マターということなので、不問に付した。柄沢警備局長は官邸と相談した結果、臥龍の要求を拒否した。それで柄沢警備局長は、ここに謝りに来たのだ」

「断るということは、飯島舞衣を見殺しにするということですね」

「うむ。だが、柄沢警備局長も最後の最後まで、臥龍の代理人と交渉したそうだ。いくらでも身の代金を支払うから、飯島を解放してくれ、と」

「相手は？」

「笑って拒否したそうだ。それでも、柄沢警備局長は、いくらでも支払うから、なんとか飯島を解放してほしいと粘って懇願したそうだ。結果、代理人は折れて、あまり見込みはないが、一度臥龍のボスと交渉してみよう、という返事だった」

「それでカネの要求は来たのですか？」

「その後、代理人からの返事はない」

「代理人とは、いったい誰なのです？」

「匿名の男の声の電話だった」

「電話の逆探はしたのでしょうね」

「飯島の命が惜しかったら、逆探はするな、という要求だった。だが、極秘にＳＳＢＣに頼み、相手に絶対に感知されないように発信元を調べさせた」

「分かったのですか？」

「電話は複雑で高度なスクランブルが掛かっていた。だが、科捜研の技術陣が解析し、なんとか発信元を特定できた」

「相手は？」

「北京日報の陳宇航記者のケータイだった」

「身柄を捕りますか？」

「いまはいい。そのまま泳がせておく。それよりも飯島舞衣だ。いまのところ、彼女に辿り着く唯一の手がかりだ。いまは陳宇航の身元を洗わせている。おそらく中国安全部の諜報員だろう」

「飯島はこの事案が起こる前、日本特派員協会で、その陳宇航と会って話をしているのが目撃されています」

「そうか。じゃあ、知り合いなのだな。覚えておこう」

真崎理事官はうなずいた。

ドアにノックがあった。真崎理事官は「入れ」といった。ドアが開き、海原班長と氷川きよみ巡査部長が顔を覗かせた。二人は顔を見合わせ、猪狩と大沼がどうして真崎理事官のところにいるのか、という怪訝な顔をした。真崎が訊いた。

「どうした？」

「理事官、曽の野郎がやっと落ちました。完オチです」

曽は飯島の部屋に仕込まれていた盗聴器の偽情報を聞いて、誘い出されて捕まった中国人の男だ。

「そうか。よくやった。何といっている？」

「曽は臥龍の盟員です。飯島舞衣を誘拐したのも臥龍に間違いないと認めました」

「よし。それで飯島の監禁場所は？」

「それは知らないそうです。曽は偵察班で拉致班ではないといい張っています」

「アジトについては？」

「大久保（おおくぼ）二丁目と蒲田（かまた）駅近くにあるそうです。すぐに公機捜を二カ所に向かわせました」

「よし。ガサ状の手配はしたか？」

「しました。だが、夜中なのでガサ状は間に合わないか、と」

「アジトの中に飯島が監禁されているかもしれん。どちらもガサ状なしでもためらわずに打ち込め。凶器準備集合罪でも殺人予備でも公妨（こうぼう）でも、容疑は何でもいい。アジトにいる連中を全員現逮（げんたい）（現行犯逮捕）で身柄を捕れ。責任は私が取る」

「了解です。至急公機捜に指令を出します」

海原班長は氷川巡査部長に目配（めくば）せした。

氷川巡査部長は待ってましたとばかりに、ポリスモードを取り出し指令を伝達した。

真崎理事官は訊いた。

「SBCの追跡では、川崎港湾の倉庫街でミニバンは消えている。川崎にもアジトがあるとはいっていなかったか？」

「アジトではなく武器庫があるといっています」

「武器庫だと？　場所は？」

「本人は詳しくは知らないといっていますが、取調官が引き続き追及しています」

「うむ。なんとしても吐かせろ。どこかに飯島を監禁しているはずだ」

真崎理事官は厳しい表情でいった。

海原班長と氷川巡査部長は部屋を出て行った。

「マサ、今夜中に、もう一仕事ある」

大沼が猪狩にいった。

「なんです？」

猪狩は正直、少し休みたかった。だが、飯島のことを思うと休むわけにはいかない。

「徐英福から電話が入った。至急に会いたいそうだ。夜中でもいいから来てほしい、報せたいことがあるとよ」

「行きましょう」

猪狩はその場の憂を晴らすように空元気を出していった。

猪狩と大沼は真崎理事官に頭を下げ、部屋を出て行った。

4

覆面PCのホンダCR‐Vは深夜の街を走り出した。

大沼は深夜のため車の流れが少ないのに乗じて、赤灯を回し、サイレンを吹鳴させながら、高速湾岸道路を飛ばしに飛ばした。助手席の猪狩は車の揺れが心地よく、ついうとうとしていた。

「おい、マサ、起きろ。着いたぞ」

大沼の声に猪狩ははっと身を起こした。

いつの間にか、サイレンは止められ、赤灯も落とされていた。

覆面PCは見覚えのない坂道をゆっくりと上がり、大きな屋敷の門前に静かに止まった。丘の上にある中華風な装飾を施した瓦屋根を頂いた大邸宅だった。門柱に徐英福の表札が架かっていた。

門の鉄扉が音もなく左右に開いた。大沼はホンダCR‐Vを徐行させて庭のアプローチに入れた。

　腕時計に目をやった。深夜一時になっている。玄関に若い男が立っていて頭を下げた。

　大沼が手を上げた。

「おう、松島航じゃないか。こんなところで何をしている？」

「はい。会長に若い者として雇われ、こちらで働くようになりました」

「それはよかったな」

　大沼は運転席から降りた。猪狩も助手席から降りた。

　開いた玄関の戸口から大型犬のゴールデン・レトリーバーが飛び出し、尻尾を振りながら駆け寄った。

「おッ、イヌだ」大沼が腰を引かせた。ゴールデンは親愛の情を発揮して、大沼に飛び掛かった。

「うわッ」と大沼は恐がった。

「沼さん、大丈夫ですよ。ゴールデンは人懐っこい犬種のおとなしい犬ですから」

　猪狩は今度は自分に飛び掛かって歓迎するゴールデンの軀を抱き、頭を撫でた。ゴールデンはぺろりと長い舌で猪狩の顔を舐めた。

「マーニー、Ｓｉｔ。座れ。飛び掛かってはだめだ」

松島が慌てて犬を押さえ、猪狩に飛び掛かるのを止めさせた。

「マーニーは女の子だね。道理でおとなしい」

「おい、マサ、嚙み付かれなかったか」

大沼は怯えながらいった。

「大丈夫、マーニーに挨拶代わりに、顔を舐められただけですよ。マーニー、待て。シット」

猪狩はマーニーと呼ばれたゴールデンに命令した。マーニーは待て、座れの命令に反応し、猪狩の前にきちんとお座りした。

「おう。いい子だいい子だ。沼さん、ほらね。おとなしいでしょ」

猪狩は大沼にいった。大沼は、少し離れて、恐る恐るマーニーを睨んでいた。

「おれ、子供のころに犬に嚙み付かれたことがあるんだ。それ以来、どんなイヌでも嫌いになったんだ」

「どうぞ、お入りください」

松島が笑いながら、マーニーの首を押さえ、玄関の中へ入るように促した。

大沼と猪狩は玄関先に足を踏み入れた。

玄関ロビーには、中国の陶磁器が飾られていた。絨毯が部屋や廊下に敷き詰められている。

「夜分、失礼いたします」

「いらっしゃいませ」

きちんと黒い執事服を着た老人が静かに頭を下げ、二人を迎えた。

「旦那様がお待ちです。さ、そのまま中へお上がりください。応接室までご案内いたします」

老執事は絨毯が敷かれた廊下を静々と先に立って歩いた。

猪狩と大沼は廊下を少し進んだ左手の部屋に案内された。猪狩は広い部屋の窓から見える横浜の夜景に思わず見惚れた。

応接室からは横浜の港街が一望できる。夜の闇に煌めくダイヤモンドのような光の美しさに、しばし言葉が出なかった。

猪狩と大沼は応接セットの分厚い革のソファに腰を下ろした。

「お待ちどおさまでした」

ガウンを着込んだ徐英福が現われた。病院で会ったときよりは元気な顔をしている。

「遅くにお訪ねして申し訳ない」

大沼は謝った。猪狩も一緒に頭を下げた。

徐英福は太った軀を揺するようにして、ソファに腰を下ろした。

「お急ぎだと聞いていたので、少しでも早くお知らせしようと思いまして、お呼びしたわけです。これも息子の徐英進をお助けいただいたお礼です」

執事が盆に陶器の杯を載せて運んで来た。一緒に老酒が入った白い陶器の瓶が付いていた。

「お酒でもいかがですか？」

「マサ、帰りはおまえが運転しろ。来るときには、おれが運転したのだからな。おれは喉が乾いた。頂こう」

大沼は早速陶器の杯に手を伸ばした。

「車なので、申し訳ありませんが、飲めません」

猪狩は断った。

「さあさ、どうぞどうぞ」

徐英福はにこやかに笑い、瓶の酒を杯に注いだ。

「では、お若い方にノンアルコールビールをお持ちして」

「はい、旦那様」

執事は引き下がった。大沼は徐英福の杯にも老酒を注いだ。老酒の強い芳しい匂いが猪狩の鼻をくすぐった。

猪狩は徐英福のふくよかな顔を見た。

「お話というのは何でしょう」

「英進を襲った臥龍のことが分かりました。あれは本流の臥龍から分派した臥龍です」

「分派した臥龍？」

「本来の臥龍は、時の国家や権力に迎合せず、あくまで客家人を守る平和な防衛組織です。ところが、分派した臥龍は、いまの共産党中央の下僕となり、中国安全部の支援を得て、中国を守るための秘密の暗殺組織になり下がっているのです」

執事が盆に載せてビールを運んで来た。執事は栓を抜き、陶器のグラスにビールを注いだ。

「サントリーのノンアルコールビールです。ご安心を」

「ありがとう」

猪狩はグラスを持ち、冷えたビールを口に含んだ。

「本流の臥龍の頭領たちは、分派した臥龍の行為にかんかんに怒っています。私もそれを聞いて安心しました。本流の臥龍は、分派臥龍の面々を破門にすることを決定しました。今後は分派臥龍を偽臥龍として、本流の臥龍も参戦することになりましょう」

徐英福は杯を掲げた。大沼が杯を掲げ、杯の縁をぶつけた。猪狩もグラスを揚げ、乾杯に合わせた。

「その偽臥龍が、我が公安警察を襲撃したというのですね」

「そうです。本流の臥龍は客家人が迫害を受けたり、理由のない攻撃を受けた時にだけ、反撃することがあっても、こちらから攻撃することはありません」

「では、今回の戦争を仕掛けた偽臥龍のボスというのは、誰なのですか？」

「陳鶴周という黒社会のボスです」

猪狩は大沼と顔を見合わせた。

「あいつか」

猪狩は一度、捜査対象として、面と向かって話したこともある。

在日華僑の陳鶴周は以前から知っていた。

陳鶴周は横浜の華僑の大物で、北京政府要人とも深い繋がりを持っており、日本国内で手広く事業や商売をしている実業家だ。だが、それは表の顔で、裏の顔は横浜中華街や福富町、川崎や蒲田、新宿界隈に住む中国人に睨みを利かせる黒社会のボスだと警視庁は見ていた。さらに公安外事課は、陳鶴周が中国安全部の大物エージェントとしてマークしていた。

「マサ、おまえはやつを知っているのか？」

「一度、応援に駆り出され、やつの行動確認をしたことがあった。陳鶴周が丸坊主の頭に白髪の鬘を被り、ホテルで密かに女と密会しようとしていたのを張り込んでいたんです」

「どこのホテルだ？」

「品川の御殿山グランドホテルでした。そこで、暴漢たちに襲われ、攫われそうになったのを、自分と同僚で助けたことがあった。あの時は、やつはよほど恐かったのか、ぶるぶると震えていた」

猪狩は当時の事件を克明に覚えていた。

あの時のか弱そうに見えたマル対（捜査対象者）が、黒社会のボスだったとは意外だった。

「そうでしたか。最早、陳鶴周は我々の仲間ではありません。客家人の風上にも置けぬ裏切り者です。だから、陳鶴周について知っていることは、いくらでも話しますよ」

徐英福は鷹揚にうなずいた。

「私の大事な息子英進を襲わせたのは許せない。あなたたちの同僚の警察官たちも大勢殺傷した責任は、ボスの陳鶴周にあります。本流の臥龍の頭領たちは、電話会議ではみんな私を支持しています」

「その分派した臥龍の本拠は、どこにあるのです？」

猪狩が訊いた。徐英福は首を左右に振った。

「私は知りません。普段臥龍は表に姿を見せずに伏せています。だから臥龍なのです。どこに伏せているか、頭領以外は誰にも分かりません」

猪狩はポリスモードを取り出し、人物名陳鶴周を検索した。陳鶴周についての身元調査の個人情報データが表示された。陳鶴周の住所は白金台のマンションとあった。

「陳鶴周は白金台のマンションに住んでいますね」

「白金台は愛人宅です。陳鶴周の本宅は確か田園調布の高級住宅街にあり、そこに家族と住んでいるはずです。ただし、名義人は税務対策で奥さんになっていると思います」

大沼は唸った。

「臥龍のアジトは、愛人宅や本宅には置かぬでしょうな。危険が多すぎるものな」

「実は、その陳鶴周の臥龍に我々の女性の同僚が一人拉致されて人質になっているのです。彼女を何としても救け出したい。誘拐されて五十一時間が過ぎているのです。我々の間では敵に捕まって拷問にかけられても、七十二時間は頑張ることになっているのです。我々のその時間のうちになんとしても救け出すというのも、決まりになっている。だが、彼女がどこに監禁されているのかが分からない」

「その方のお名前は？」

「飯島舞衣。この女性です」

猪狩はポリスモードに飯島舞衣の顔写真や動画を表示させて、徐英福に見せた。徐英福は考え込んだ。

大沼が説明した。

「彼女は横浜のみなとみらい地区で誘拐され、ミニバンに押し込まれた。そのミニバンが、回り回って川崎港湾地区に入ったらしい、というところまでは分かったのだが、その先が分からない。おそらく、川崎の倉庫街のどこかに監禁されているのではないか、と見ているのだが」

「川崎にその分派臥龍のアジトはありませんかね」

猪狩も尋ねた。徐英福は腕組みをし、考え込んだ。

「陳鶴周は日本人の知り合いの名義で運輸会社を経営しています。東亜とか東アジアとかいった名称の……」

「東アジア運送会社ですね」

猪狩は大沼と顔を見合わせた。徐英福は首を傾げた。

「東アジア運送は、関連会社。大本(おおもと)の本社は東アジア運輸です。その傘下(さんか)に東アジア運送会社や船会社やコンテナヤード会社がある。臥龍の面々の一部は、普段は、そうした運送会社や船会社、コンテナヤードで働いているはず」

大沼が猪狩に目配せした。

「マサ、至急にいまの話を理事官に知らせろ」

「了解」

猪狩は立ち上がり、応接室のベランダに出た。ポリスモードで真崎理事官に電話をかけた。目の前に横浜の街の明かりが広がっている。

『真崎だ』

「至急、以下のことを調査してください」

『分かった。すぐに現場に伝えよう』

猪狩は徐英福から聞いた情報を伝えた。

「ところで、理事官、曽から聞き出した情報、どうなりましたか？　大久保二丁目と蒲田駅近くにアジトがあるということでしたが」

『公機捜が捜し出したが、どちらも、もぬけの殻だ。飯島の手がかりは依然としてなしだ』

「残念。了解です」

通話は終わった。猪狩はほっと肩の力を抜いた。応接室に戻ろうとした時、今度はケータイが震動した。ディスプレイにショーンの電話番号が表示されていた。

猪狩はケータイを耳にあてた。

『マサト、やはり、臥龍からCIA日本ブランチに林海を返せ、と要求が入ったそうだ。そうすれば、人質を返すと』

「答えは?」

『CIAは、林海の亡命に手を貸していない。やったのは日本だ、と突っぱねたそうだ』

「CIA日本支局長は誰だ?」

『日本ブランチに要求を突っぱねさせたのは、その上にいる極東総局長のトーマス栗林だ』

「トーマス栗林の野郎!」猪狩は悪態を吐いた。

『マサト、それが我々諜報の世界だ。諜報機関に情はない。ところで、拒否された臥龍は、今度は日本政府にも要求を出したはずだが』

「官邸も拒否した。公安トップも同様だ」

『予想した通りだな。あとは我々が飯島舞衣を取り戻すしかないってわけだな』

「新しい情報だ。飯島を拉致したのは、本流の臥龍ではなく、分派した偽臥龍だった」

『分派した臥龍過激派というわけだな』

「その偽臥龍のボスが分かった」

『誰だ?』

「陳鶴周」

『ははは。その陳鶴周に、さらに指令を出す男がいるのを知っているか?』

ショーンは陳鶴周のことをすでに知っていたのか。猪狩はさすがMI6だ、と舌を巻いた。

「それは誰だ?」

『陳宇航。北京日報記者を隠れ蓑にしている中国安全部の日本支部長だ。そして、陳宇航は陳鶴周の実の息子でもある』

「なんだって。息子の陳宇航が、親父の陳鶴周に命令を出すというのか?」

『陳宇航は中国共産党政治局員候補だ。親父の陳鶴周は全人代の代議員ではあるが、党員の序列では息子よりも遥かに下の位だ。もっとも、親父の陳鶴周の財力と臥龍を動かす力があるから、息子陳宇航は党の中でのし上がり、今の地位を得た。親子持ちつ持たれつということだが』

臥龍の代理人、陳宇航は、柄沢警備局長が身の代金を払うから飯島を返してほしいと懇願したのに対し、臥龍のボスと交渉してみるといったということだったが、なんのことはない、彼が事実上のボスだったとは。

『ところで林海の行方は分かったのか？』

「新宿のシャングリラに、ＣＣに匿(かくま)われている」

『よく調べたな。我々の調べでは、本国から派遣されたトーマス栗林は、今回の林海亡命工作の責任者だ。彼は自分は動かず、すべてエージェントのＣＣたちにやらせている。どうやって林海をシャングリラに運び込んだのかも分かった』

「どうやったのだ？」

『トーマス栗林の指示を受けたＣＣは、事前に日本側の公安の舘野と会い、林海の受け渡しの段取りを話し合った。計画では林海を下ろす港は横浜とし、神戸では偽者(ダミー)を仕立てて下ろすことにしていた。見張っている中国諜報部員の目をごまかすためだ。そのため、舘野チームは神戸で林海が降りるという情報を密かに流し、横浜での身柄受け取りの準備をした。ところが、ＣＣは密かに神戸に降りるのはダミーで、日本公安は横浜で林海を受け取るという本物の情報を中国側に流した』

「なるほど。それで舘野班長は、まさかＣＩＡから情報が洩れているとは思わず、公安上部から情報が洩れていると思ったのだな」

『飯島は事前に舘野と一緒にＣＣとの打ち合わせに立ち合っていた。彼女はＣＣの裏切りを危惧した。折から日本に乗り込んできたＣＩＡ極東総局長のトーマス栗林が何か企んでいるのではないか、と不信を抱いた』

「うむ」猪狩は耳を澄ました。

『ＣＣは神戸に入ったクルーズ船「エリザベスⅡ」から、いかにも偽者であるかのようにわざと林海を目立たせながら、堂々と林海を港に下ろし、検疫や入国の手続きした。さらに大勢の護衛で林海を取り囲み、神戸の高級ホテルへと運んだ。ＣＣは事前の打合わせ通りにせず、舘野たちも騙して、林海の身柄を確保したのだ。それとは知らぬ舘野たちは横浜で林海を待ち受けた。だが、林海は雲隠れしており大騒ぎになった。舘野たちがＣＣに裏切られたと分かった時には、臥龍の攻撃が始まっていた。中国中央は林海の亡命を阻止しろ、邪魔する者は諸共に消せと、中国安全部に命じた。陳宇航は、それを親父の陳鶴周に伝えた。だが、ＣＣの裏切りを知らない陳たちは、いったいどこで作戦が失敗したのか、それを調べるために、飯島を拉致した、というのがこれまでの顛末だ』

「神戸から、どうやって林海を東京に運んだのか？」

『神戸にも中国領事館があり、中国人が多い。中国安全部の要員やエージェントも、うようよいる。我々の調べでは、ＣＣはホテルにも、林海のダミーを用意していた。本物の林海はホテルにチェックインすると、ダミーと入れ替わり、ホテルの裏口から抜け出した。そこに待っていた従業員の送迎用ミニバンで移動し、コンビニの駐車場でまた車を乗り換えた。そして、阪神高速道路で名古屋に、そこからは、目立つ東名は避けて中央自動車道に入り、さらに途中で一般道に下りて、一路東京・新宿に走った。あとは、きみも知っての通りだ』

「なるほど。公安は、見事CIAに騙されて、巧妙にダミーとして利用されたというわけだな」

『そういうことだ。諜報の世界は、嘘と嘘で騙し合う不信の蔓延る世界だ。それに、マサトは片足を突っ込んだわけだ。覚悟しないとな』

ショーンは冷ややかに笑った。

応接室の窓のところで、大沼が何をしているのだというジェスチャーをしていた。

「そうと分かって、飯島をどう救けるというのだ?」

『私に考えありだ。きみたちは陳鶴周の身柄を押さえろ。そうしたら、私に連絡してほしい』

「それから?」

『私が電話で飯島を救け出す方法を教える。我々日英同盟でなんとか飯島を救けよう。

我々はＣＩＡとは違う。騎士（ナイト）はサムライと同じく、なにより信義を重んじる。だから、私を信じろ』

電話が終わった。猪狩は深呼吸をし、横浜の夜の匂いを胸に吸い込んだ。気を取り直し、応接室の中に戻った。

ゴールデンのマーニーが太い尻尾で床を掃（は）いていた。マーニーは大沼の前にきちんと座り、長い舌を垂らして、じっと大沼を見上げていた。マーニーの目は大沼の左手にあるソーセージの食べ掛けに注がれていた。

「マーニーは、どうやら大沼さんが気に入ったようですな」

徐英福がにこやかに笑い、老酒の杯を掲げて飲んだ。大沼は弱々しい声を上げた。

「マサ、どうしたらいい？　こいつに睨まれ、動きが取れないんだ」

「ソーセージを上げればいいんですよ」

大沼は恐る恐る食い掛けのソーセージをマーニーに差し出した。

「よし」という猪狩の許しと同時に、マーニーは大口でソーセージに噛み付いた。大沼は驚いて飛び上がった。

「沼さん、話は終わりましたか？」

「うむ。だいたい伺（うかが）った。あとはこちらで調べるだけだ」

「では、沼さん、引き揚げましょう。徐英福さん、夜分にありがとうございました」

「おおいに立ったですかね」

大沼も立ち上がりながらいった。マーニーが大沼に寄ろうとしたのを、徐英福が優しく止めた。

猪狩と大沼は慌ただしく玄関を出て、覆面PCに駆け戻った。猪狩が運転席に入り、大沼は助手席に潜り込んだ。車が身震いしてエンジンがかかった。

玄関先には、徐英福と老執事、松島とマーニーが立ち並び、猪狩たちを見送っていた。

覆面PCが屋敷の外に出て、野毛の山の坂を下りはじめると、大沼がいった。

「マサ、田園調布へ行け。陳のヤサを襲う」

「無茶ですよ。こんな深夜に、令状もなしに襲うなんて」

「いいから行け」

「分かりました」

猪狩は車を勢いよく加速させた。

5

窓を叩く音が聞こえた。

「もしもし」

コツコツ。

猪狩は何か得体の知れぬ化物に追われる夢を見ていた。

「もしもし、起きてください」

猪狩は男の声にはっとして目を覚ました。ガラス窓に制服警官の顔が覗いていた。警棒の先で窓を叩く。

「あ、何でしょう」

猪狩は窓を下ろした。朝の新鮮な空気が運転席に流れこんでくる。隣の助手席で、大沼が大きな口を開き、鼾をかきながら寝込んでいる。

「困るんですねえ。ここは駐車禁止ですよ。エンジンかけっぱなしで寝込んでいては、ご近所さんから警察に苦情の電話が入っていましてね」

「あ、どうも」

猪狩は急いで警察バッヂを取り出して見せた。初老の警官は顔をしかめ、警察バッヂについた身分証や顔写真を見た。警官は大沼にも目をやった。

「沼さん、起きてください」

大沼は目を覚まし、あたりをきょろきょろ見回した。

「ここは、どこだ?」

「田園調布の住宅街です」

警官が猪狩の代わりに答えた。

「なんで、こんなところにいるんだ?」

「はあ?」

警官はきょとんとした顔で大沼を見た。

猪狩は腕時計に目をやった。午前六時を回っている。

「いかん、沼さん、打ち込みが始まった時刻だ」

「なにい、こんなところでぐずぐずしておれるか」

大沼は警官が覗いているのに気付いた。

「おまえは、そこで何をしているんだ?」

「沼さん、我々がここで仮眠を取っていたので、職質して来たんですよ」

「なに職質だと」

猪狩は大沼を手で制して、警官に訊いた。

「ご苦労さん、陳鶴周さんの邸(いえ)はここの近くだよね」

「は、はい。この公園の左手に見える邸です」

警官は目の前の緑地の左手を指差した。

「ありがとう」

猪狩はギアをドライブに入れ、覆面ＰＣを出した。赤灯を屋根に載せ、回転させた。

警官は自転車のハンドルを握ったまま、猪狩たちの覆面ＰＣが走り去るのを啞然(あぜん)として見ていた。

猪狩はすぐに赤灯を落とし、ナビが示していた陳鶴周の邸の門前に止めた。門前で掃除をしていた若いお手伝いさんが、慌てて飛び退(の)いた。

猪狩は邸内の駐車場に白いＢＭＷと黒いベンツが並んで止まっているのを確かめた。

「警察です。陳鶴周さんはご在宅ですね」

「は、はい」お手伝いさんはどぎまぎした様子で答えた。

「陳鶴周さんに緊急の用件があります」

門扉は開いていた。猪狩はホンダＣＲ‐Ｖを強引に邸内に入れ、玄関先に二台の車を塞(ふさ)

ぐように止めた。

「少々、お待ちくださいませ」

お手伝いさんは箒を手に急いで玄関に駆け戻った。

「旦那様、奥様。警察の方がお見えになりました」

「用意は？」

大沼は自動拳銃を胸の内のホルスターから抜いて安全装置を外し、スライドを引いた。

弾丸が装填されているのを確かめた。

「オーケーです」

猪狩も自動拳銃のスライドを引いて弾丸を装填させた。

「デスはいらん」

「了解」

「行くぞ」

猪狩と大沼は車の両側から降りた。

二人は緩めていたネクタイを締め直し、ジャケットに付いた皺を伸ばした。

猪狩は大沼と一緒に玄関に入った。

廊下の奥から、三、四人の若い男たちがばらばらっと飛び出して来た。手に手にバットや木刀を持っている。

「なんだ、てめえら」

「殴り込みか！」

「何の用だ！」

若い衆は威勢よく怒鳴った。

「警察だ！」

猪狩は叫び、警察バッヂを掲げた。腰の特殊警棒を手に持った。いつでも一振りすれば、延びて木刀ほどの長さになる。

「陳鶴周はいるか」

大沼は怒鳴り、式台に足をかけた。大沼は一振りして、早くも特殊警棒を延ばした。

「陳鶴周は、私だ」

奥から禿頭の小太りの男が現われた。余裕の笑みを浮かべている。

「令状を見せてほしいな」

「令状はない。話し合いに来ただけだ」

大沼が式台にかけた足を下ろした。

「話し合いだと？　令状もないのに無理矢理、人の家に踏み込むなんて、どういうことだ。家宅不法侵入罪で訴えてやる」

　陳鶴周は怒気を含んだ声を上げた。

「陳鶴周さん、俺のことを覚えているかい？」

　猪狩は陳鶴周の前に立った。

「御殿山グランドホテルで、やくざたちに拉致されかかったあなたを救けた男だ」

　陳鶴周は一瞬驚いた顔になった。

「あ、あの時の刑事さん」

　陳鶴周は思い出したらしく、おろおろした。

「あの時は、ありがとうございました。あの時、あのまま拉致されていたら、いまごろどうなっていたことか」

　陳鶴周は急いで若い衆たちを手で「引け引け」と追い払った。

「ですが、旦那様。こいつら」

「この人たちは大丈夫だ。用事があったら呼ぶ。引っ込んでいろ」

　若い衆はしぶしぶ廊下の奥に引き揚げて行った。猪狩と大沼も特殊警棒を縮めて腰に戻した。

　廊下の奥から、今度は年輩の女性がお手伝いの女性と一緒に現われた。

「旦那様、警察を呼びましょうか」

「大丈夫だ。この方々は警察だ。やくざや暴力団ではない。さ、上がってください。どうぞどうぞ」

「では、失礼します」

猪狩は靴を揃えて脱ぎ、式台に上がった。

大沼も靴を脱ぎ、揃えて置いた。

二人は応接間に通された。廊下の奥で心配そうにこちらを見ている若い衆の姿があった。陳鶴周は手を振り、引っ込んでいろと命じた。

猪狩と大沼は三人掛けの長椅子のソファに腰を下ろした。

向かい側の一人用のソファに陳鶴周はどっかりと座り込んだ。

猪狩が切り出した。

「こちらに上がった用件は、もうご存じですよね」

陳鶴周は戸惑った顔になった。

「いえ、分かりません。いったい、どういうお話ですかな」

「あなたの部下たちが、うちの女性捜査員を一人拉致しましたね。飯島舞衣を無傷で返してほしいのです」

「……そんなことは知りません」

応接室のドアが開き、お盆にお茶の茶碗を載せた夫人が入って来た。猪狩がいった。

「会長、あなたが臥龍のボスだと聞いています」

夫人がちらっと猪狩を見た。陳鶴周は慌てて夫人に部屋を出るようにいった。

夫人が応接室から消えると、陳鶴周はため息混じりにいった。

「うちでは臥龍とかいった話は禁句になっていましてね。どうも奥は私がそうしたものに手を染めているらしい、と疑っているのです。私はとっくに、そうした裏社会の組織から身を引いているのですが、奥はまったく信じない。困ったものです」

猪狩が静かにいった。

「我々も会長がいうことを信じられませんね」

「ほう。困りましたな」

大沼が低い声でいった。

「陳鶴周、あんたが臥龍を動かし、我々公安を襲わせた。それに間違いないだろう？」

「そんな馬鹿な。私は臥龍と関係ないし……」

猪狩はケータイを出し、ショーン・ドイルに電話を掛けた。陳鶴周は不安そうに猪狩を見ていた。

ケータイを耳にあてた。呼び出し音が鳴った。一コールでショーンの声が返った。

「いま、陳鶴周会長が目の前にいる」

『了解。こちらも、目の前に陳宇航が座っている』

「このままホールドして、話を聞いていてくれ」

猪狩はケータイをテーブルの上に置き、陳鶴周に顔を向けた。

「陳鶴周会長、いや臥龍の頭領といったほうがいいかな。ぜひ、あなたと取引したい。我々は別の場所で、あなたの息子陳宇航の身柄を押さえて人質にしている」

「………」陳鶴周は怪訝な顔をした。

「あなたの息子陳宇航と、我々の仲間飯島舞衣の人質交換をしないか？　悪い話ではない、と思うが」

「馬鹿な。息子を攫って人質にしたというのか。そんなことをしたら、中国安全部は許さないぞ」

「中国安全部が怒ろうと怒るまいと関係ない。これは臥龍の頭領のあなたと、我々の取引だ。飯島舞衣を返してくれなければ、あなたの息子の陳宇航の命はない」

「な、なんだと。日本の警察は、そんな汚い手を使うのか？」

「陳鶴周さん、いっておく。あんたの指示で、臥龍が動き、我が公安の舘野チーム十一人が殺され、いまも三人が重傷で入院中だ」

「そのうち、一人が死んだ」

大沼が付け加えた。

「合計十三人が殺されたんだ。いま、川崎の臥龍のアジト、武器庫に緊急ガサ入れが行なわれている」

「嘘だ。わしは騙されないぞ」

「嘘だと思うなら、連絡を取ってみろ」

陳鶴周は思わずケータイを取り出し、電話を掛けようとした。

大沼がにやっと笑い、猪狩に顔を向けた。

陳鶴周はすぐに、その手を止めた。

「わしを引っ掛けようとしたな。その手には乗らぬ。第一、息子を押さえたというのも嘘だろう。嘘に決まっている」

猪狩は、テーブルの上のケータイを取り上げ、陳鶴周に差し出した。

「じゃあ。息子の陳宇航と話をするんだな」

陳鶴周は恐る恐るケータイを取り上げ、耳にあてた。

「……ほ、ほんとに宇航か?」

陳鶴周は北京語で口早に言葉を交わした。

救けて、という声が洩れ伝わって来た。悲鳴も聞こえた。痛めつけられている気配がした。

猪狩は大沼と顔を見合わせた。

「待て、待ってくれ」

陳鶴周はケータイにいい、やがてがっくりと肩を落とした。陳鶴周はケータイをそっと猪狩に戻した。

『マサトか。いま、MI6方式で、少々陳宇航を可愛（かわい）がってやった。返事次第では、あの世に行って貰うが、どうだ』

「ちょっと待ってくれ。取引の返事を貰っていない」

『分かった。いま拳銃の銃口を陳宇航に咥（くわ）えさせている。親父にそう伝えてやれ。日本公安はできないことだろうが、おれたちMI6は殺しもやる、とな』

「分かった。このまま電話をホールドしていてくれ。取引を続ける」

猪狩はケータイをまたテーブルの上に置いた。

「あなた、聞きました」

応接室のドアから、夫人が顔を出した。怒りで躯を震わしていた。

「あなたは汚い仕事から手を引くと、あれだけ誓ってらしたのに、どういうことですか?」

「これには訳があるのだ」

「息子の出世のためだとおっしゃるのでしょ。そのために、汚いことは自分がやる、と。でも、もう我慢なりません。息子が危険なのでしょう? 人質のお嬢さんを返さなければ殺されるのでしょ? 返してあげて。そして、息子を無事に返して貰って」

「……分かった。そうする」

陳鶴周が、落ちた。完落した。

猪狩は大沼と顔を見合わせた。

「お願いだ。息子を殺さないでほしい」

「飯島舞衣と交換だ。飯島を返してくれるなら、無事に陳宇航は返す」

「返す。あのお嬢さんを返す」

「どこに監禁しているのだ? 場所を教えろ」

「分かった。教える。それには、わしが一緒に行かないと、部下たちはいうことをきかない」

猪狩はケータイにいった。

「聞いたか。これから、飯島舞衣を救けに行く。救けたら連絡する。もし、我々からの連絡がなかったら」

『目の前の男を処分する。安心して飯島舞衣を救けに行け』

通話が終わった。

6

猪狩はホンダCR-Vを飛ばし、川崎港に向かった。後部座席には、陳鶴周が沈痛な面持ちで蹲っていた。

助手席では大沼がポリスモードを放さず、川崎港湾夜光地区の倉庫街へのローラー作戦の様子を聞いていた。

川崎港湾地区といっても、かなり広い。東アジア運輸の本社がある夜光地区は千鳥運河に面していて、旭化成ケミカルズや日本ゼオンなど大企業のプラントや倉庫群が密集している。東海道貨物線の引き込み線や貨物駅もある、東アジア運輸の本社は、その夜光地区の一角にビルを構え、物流センターを設けていた。

大沼は後部座席にいる陳鶴周に問い掛け、東アジア運輸関係の施設や会社の情報を、真崎理事官や黒沢管理官に伝えていた。

夜光地区を中心にして、公安機動捜査隊と警視庁機動隊、神奈川県警機動隊が投入され、早朝から川崎港湾地区の夜光地区に出入りする道路をすべて封鎖し、ビルからビル、倉庫から倉庫、事務所から事務所、住居という住居を片っ端から警察官があたって、飯島舞衣を捜索するローラー作戦が行なわれた。

重点的に東アジア運輸の傘下にある東アジア運送会社、東アジア船舶会社、コンテナヤード会社がある夜光地区のすべての施設にガサ入れが行なわれた。アジトや武器庫と見られた宿舎もいくつか発見され、拳銃や自動小銃など十数丁の銃器や日本刀が押収された。

臥龍のアジトと思われる部屋やビルに屯していた者たちで、身元がはっきりしない者は、任意で同行を求め、所轄署まで連行した。

だが、飯島舞衣の行方は杳として分からず、真崎理事官ら捜査首脳は焦りの色を濃くしていた。

陳鶴周は飯島舞衣の居場所については口を濁し、現場に着いてからというだけで、黙秘をしていた。そのため、猪狩も大沼も、陳鶴周には手を焼いていた。

ようやく猪狩が運転するホンダCR-Vは、横羽線の大師の出口で降り、東京大師横浜線の道路に入って、川崎港湾地区に進んで行った。

「陳会長、いったい、港のどこへ行けばいいのだ？」

「待ってくれ」

陳はケータイでどこかにダイヤルして、耳にあてた。

陳鶴周が中国語で話す言葉がとぎれとぎれに聞こえた。

「陳鶴周だ。いま、どこにいる？」

「なんだと、わしのいうことが聞けないというのか。文句をいわずに待つんだ。いいな」

「そうだ、ぐずぐずいうな。命令だ」

陳鶴周は憮然とした表情で、ケータイの通話を切った。

「警察の手入れがあったお陰で、部下が浮き足立っている。なんということだ」

「陳会長、そろそろ話せ。飯島舞衣をどこに監禁してある」

「場所をいうのが難しいのだ。わしが行かねば、どの船かが分からない。今日中に船は出てしまう」

「なんだと、飯島を船に乗せたのか？」

大沼が怒鳴った。猪狩が大沼を宥めて、陳鶴周に訊いた。

「船というのは外航船か？」

「そうだ。コンテナに入れ、中国行きの外航船に乗せる手筈になっていた」

「船の名前は？」

「分からない」

「分からないだと！　嘘をつけ。知っていていわんのだろう。この野郎」

大沼が振り向き、陳鶴周に殴りかかった。

陳鶴周は後部座席の隅に身を躱して大沼のこぶしを避けた。

「嘘じゃない。ほんとなんだ。部下が手配した船だから、その部下に聞かないと船名が分からないのだ」

「沼さん、陳鶴周を信じよう。彼も息子を救おうと必死なのだから、嘘はつかないだろう」

「そうなんだ。猪狩さん、お願いだから、息子の命は助けてくれ」

「だから、飯島舞衣の居場所をいえ。飯島舞衣さえ生きて戻れば、陳宇航も生きて戻る。英国のＭＩ６は情け容赦なく人を殺す。本気だ。息子を助けたかったら、飯島舞衣を返すんだ」

「分かった。大師を降りたら浮島通りに入って、殿町インターの方角に進んでくれ」

陳鶴周は運転席の脇のナビを指差した。

猪狩はうなずき、ナビの地図を見ながら、殿町インターの方角に車を進めた。

「次の大師河原の交差点を右折する」

猪狩はいわれた通りに大師河原の交差点を右折した。前方にパトカーや警察車両が並んで道を封鎖していた。

「あそこはガサ入れしている夜光地区じゃないか」

大沼がいった。陳鶴周は動ぜず猪狩にいった。

「真っすぐ進むと夜光地区になる。だが、夜光地区に行く途中にある児童公園の十字路で左折し路地に入ってほしい。そして工業団地内を進むと運河に出る」

猪狩は陳鶴周の指示するままに運転した。ナビの地図では、その路地の先は末広運河になっていた。

「そのまま運河沿いに行ってくれ。右手にコンテナバージを積むラッシュ船や小型運搬船が何隻か繋留されている」

陳鶴周がいう通りだった。運河沿いの船着場に五、六隻のラッシュ船や小型運搬船が繋留されていた。いずれも人気がなかったが、そのうちの一隻の小型運搬船だけ、船上で何人かの船員が立ち働いていた。

陳鶴周が後部座席から運転席と助手席の間に顔を出していった。

「ここからは、わしの護衛のような顔をしてほしい。でないと、彼らは用心して船に連れて行ってくれない。絶対に警察だと悟られるような真似はしないでほしい。正体がばれたら、お嬢さんを救い出せない」

「分かった」

「あいよ。おれたちが、あんたの用心棒になればいいんだな」

大沼は猪狩の顔を見て、しばらく我慢だとウィンクした。猪狩は黙って了解とうなずいた。

猪狩はホンダCR-Vを船着場の近くの空き地に入れて止めた。

「お嬢さんを入れたコンテナは、すでにどこかのコンテナ船に積み込んである。あそこにいる連中は、どのコンテナ船に積んだかを知っている。彼らに案内して貰い、コンテナを積み込んだ船に接舷して、なんとか乗り込んで、お嬢さんを救け出すしかない」

陳鶴周は小声でいった。

「あいよ、ボス」大沼はうなずいた。

「了解」猪狩もうなずいた。

「沼さん、ドアを開けて」

陳鶴周はボス然として命じるようにいった。

「はいはい、ボス」

大沼は助手席から降りると、後部座席のドアを開け、陳鶴周に恭しく頭を下げた。

「沼さん、やりすぎやりすぎ」

「分かってるよ」

大沼は憮然としていった。猪狩は運転席から降りると、陳鶴周の前に出て、あたりに警戒の目を走らせ、不審者がいないかを点検する振りをした。

陳鶴周は堂々と歩いていた。出航準備をしているラッシュ船に近付いて行く。

ラッシュ船の上にいた男たちが、一斉に陳鶴周に帽子を脱いで挨拶した。陳鶴周は鷹揚に手を上げて応えた。

「おう、ご苦労さん」

ラッシュ船と岸壁に渡した板橋の前で船長らしい男が陳鶴周を迎えた。流暢な中国語で愛想をいった。

船長は頭に徽章が付いた船長帽を被っていたが、汚れたワイシャツに、薄汚れた作業ズボン姿で、ほかの船員と区別が付かなかった。

船長は猪狩と大沼に目をやり、新しい護衛ですね、と中国語でいった。名前は、と船長は猪狩に聞いた。猪狩は即座に「ジャッキー・チェンだ」と答えた。

船長は船員たちと顔を見合わせ、どっと笑った。

　陳鶴周は運河越しに見える夜光地区を目で差し、船長の中国人に訊いた。

「本社の様子は？」

「早朝五時ごろから、警察がやって来て、大騒ぎになった。アジトで寝ていた組員は、不意を突かれて逃げられず、ほぼ全員が捕まったようです。おれたちは倉庫で作業していたので、警察が急襲して来たと知ると裏口に回り、運良く逃げることができた」

「そうだったか」

「会長のところには、警察は？」

「来た。だが、この用心棒の二人がうまくわしを逃してくれた」

「そうでしたか」

　船長は猪狩と大沼に目をやった。陳鶴周が尋ねた。

　猪狩はそれとなく耳をそばだてた。

「例のコンテナを積んだ船は出航したか？」

「いえ、まだです。だが、そろそろ出る時刻です」

「どこに碇泊(ていはく)している？」

「コンテナターミナルの埠頭(ふとう)に碇泊しています」

「何という名の船だった？」

「上海行きの東光丸ですよ」

「本部からの命令だ。至急にあの女に訊いておかねばならぬことができた。すぐ船に行ってくれ」

「分かりました。ちょうど出ようとしていたところでした」

船長は乗組員たちに出航を合図した。

陳鶴周はよろめきながら船への板橋を渡り出した。大沼が続いた。

猪狩は船に乗り込みながら、小型運搬船の船名「あけぼの5号」を視認した。

岸壁に残っていた作業員が岸壁のビット（係留柱）からロープを外し、船に投げ入れた。船長は自ら舵輪を握り、乗組員に出航の合図をした。

陳鶴周は風に吹かれるのを避け、船橋の中に入った。大沼も一緒に船橋に入って立った。

小型運搬船は風を切って航行しはじめた。

猪狩は上甲板に立ち、さりげなくポケットからポリスモードを出し、真崎理事官にメールで現況を報告した。

『運搬船あけぼの5号にて、東扇島へ向かって移動中』

『至急に海保に連絡し、コンテナ船東光丸を臨検されたし』

『コンテナに飯島舞衣は監禁されている』

『東扇島・川崎港コンテナターミナルを封鎖されたし。臥龍の組員多数確認』

船は池上運河から出て京浜運河に入った。

左岸には石油タンクが林立し、右岸に青果物倉庫が並んでいた。運河の左右からさまざまな小船舶が航行して来る。猪狩たちが乗った船は直進し、京浜運河を横切って行く。

正面の平坦な人工島に、東電ＬＮＧ基地や火力発電所が見えた。

乗組員の一人が猪狩に近付いて来た。猪狩はポリスモードを撮影モードにし、行く手の東扇島を動画に撮った。さらに乗っているあけぼの5号の映像も。

「いいスマホ持っているな」

若い乗組員は気さくに中国語で話し掛けて来た。

「まあな」

猪狩は肩をすくめた。映像を本部に送った。

「見せてくれ」

「だめだ。これはボスのスマホだ。他人には見せるなといわれている」

若い船員はちぇっと舌打ちして、船橋を見上げた。

「金持ちなのにケチだな」

「これで重要な連絡を取っているからだ」

折しもポリスモードに震動があった。猪狩は若い船員から離れ、耳にあてた。

『猪狩か？』

黒沢管理官の声だった。

「どうぞ」

『映像確認した』

「了解」

『コンテナターミナルには、応援に公機捜を急派するが、部隊によるターミナルの全面封鎖には少し時間がかかる』

「了解」

『飯島の入れられたコンテナは確認できたか？』

「まだ未確認。確認でき次第に連絡する」

『了解した。通話アウト』

猪狩はポリスモードを内ポケットに戻した。

若者の船員は猪狩に怯えたような目を向けていた。猪狩のジャケットの内側に、ホルスターに納めた自動拳銃の銃把を見たらしい。

猪狩は唇の前に人差し指を立て、しーっといった。にやっと笑った。陳鶴周の護衛が拳銃を持っていても不思議ではない。

若い船員は猪狩から離れ、ほかの船員たちのところに行った。

船は東電LNG基地と出光昭和シェル石油のタンク群の間の運河に入った。船橋を見上げると、陳鶴周が船長と何事かを話し合っていた。

今度はケータイが震動した。ケータイを抜いて液晶画面をチェックした。ショーン・ドイルからの電話だった。

『マサト、状況は？』

「まもなく川崎港コンテナターミナルに碇泊している船に乗り込む」

『船名は？』

「上海行きの東光丸だ」

『…………』

通話が不意に切れた。

船は木橋と高速道路湾岸線のガード下を抜けた時、電波が届かなかったのかも知れない。細かった運河は終わり、開けた水域に出た。東京湾が眼前に広がっている。

左手に公園の緑の樹木が見える。その樹木の頭越しに、どこかキリンの長い首を思わせるガントリークレーンが何基も首を揃えていた。

船は東京湾に出て、ゆっくりと左に回航して行った。埠頭に何隻もコンテナ船が横付けし、ガントリークレーンが釣り上げたコンテナを船に積み込んだり、逆に船からコンテナを下ろしたりしていた。

猪狩たちの乗った船は、三隻目のコンテナ船を目指して近付いて行く。船首に白いペンキで書かれた東光丸の文字があった。

船はゆっくりと東光丸が碇泊するコンテナヤードの埠頭に進んだ。

7

コンテナヤードには、コンテナを積んだストラドルキャリアが、あちらこちらを忙しく走り回っていた。

その間にもコンテナを積んだトレーラーが何台も敷地内に入って来て、つぎつぎコンテナを下ろした。ストラドルキャリアが、そのコンテナを専用ヤードに積み上げて行く。

コンテナ船「東光丸」の舷(げん)側にはタラップが下ろされていた。タラップの上り口の前には、七、八人の胡散臭(うさんくさ)そうな目付きの男たちが屯していた。

臥龍のメンバーだ。ローラー作戦から、うまく逃げ出した連中らしい。

川崎港地域の上空を、警視庁や神奈川県警などのヘリコプターがローター音を響かせて、旋回していた。夜光地区を封鎖し、逃亡した臥龍の盟員を上空から捜しているのだ。

男たちは落ち着かず、しきりに上空を飛び回るヘリを気にしていた。

陳鶴周は小型運搬船を下り、船長に案内され、東光丸に向かった。猪狩と大沼は護衛役として陳鶴周の左右に付いて歩いた。

猪狩は男たちの中に何人か見覚えのある顔を見付けた。

どこで見かけたのか？　すぐには思い出せなかった。指名手配者の写真リストにあった
相手も猪狩にちらりと目をやったが、やはり気付かなかったのか、すぐに目を逸らした。

「会長、ご苦労さまです」

タラップの前に立った水夫長の大男が陳鶴周に頭を下げた。大男の頭は丸く剃り上げられ、てかてかと光沢を帯びていた。

「…………」

陳鶴周は大男に何事かをいった。大男は小型運搬船の船長に訊いた。中国語で話をして

いるので、よく聞き取れない。

大男と小型運搬船の船長は、東光丸の船上に積み上げられたコンテナを指差しながら何事かを話している。

大男は脇にいた若い男からハンディトーキーを受け取り耳にあてた。大声で話しだした。

東光丸の船長と話している。

「船長、オーナーの陳会長が……すぐに下ろしてほしい、といっている」

猪狩は大沼と顔を見合わせた。

「QX2701の黄色のコンテナ」

船長はすでに出航時刻を過ぎているので、いまさらそんなことをいってもだめだ、と拒んでいる様子だった。

「もう出航なので、下ろせないそうです」

水夫長の大男は陳鶴周にいい、両肩をすくめた。

陳鶴周はいきなりハンディトーキーを奪い、大声で怒鳴った。

「船長、これは中国安全部本部の命令だぞ」

船長はそれでも応じなかった。

東光丸の甲板から一等航海士が水夫長に怒鳴った。

「水夫長、タラップを上げろ」

「こ、この野郎、デカだ！」

突然、男たちの一人が猪狩を指差し、大声で怒鳴った。

「こいつ、デカだ。あんときのデカだ」

「なに、警察？」

まわりの男たちが猪狩に目を向けた。

猪狩も同時に男を思い出した。

しゃくれた顎に団子っ鼻。がっしりした体付き。丸顔で細い目をした誘拐犯だ。スタンガンを構え、飯島舞衣を襲って攫おうとした三人組の一人だった。やはり同じやつらが、飯島を拉致したのか。

猪狩は咄嗟に、団子っ鼻に飛び掛かっていた。

「誘拐容疑で緊急逮捕する！」

猪狩は男の腕を捩じ上げ、地面に捩じ伏せた。背に片膝を乗せて押さえた。男の手を後ろに回し、手錠を掛けた。

一瞬のことに男たちは気圧されて、呆気に取られていた。

大沼も特殊警棒を一振りして延ばしながら怒鳴った。

「警察だ！　コンテナ、下ろせ！」

「野郎！　やっちまえ」

男たちは怒声を上げ、大沼と猪狩に襲いかかった。

猪狩も特殊警棒を延ばし、摑み掛かる男の脛を払った。脛は弁慶の泣き所ともいわれる急所である。打たれると、しばらくは痛さで立つこともできなくなる。戦闘力も失われる。

大沼も男たちの脛を払い、腕や肩、腹に特殊警棒を叩き込んだ。

たちまち埠頭のコンクリート床に男たちは膝や腕、腹を抱えて蹲った。

突如、銃声が鳴り響いた。猪狩は地べたに伏せた。見上げると甲板に銃を構えた男が見えた。

傍らに立っていた陳鶴周の軀が弾かれるように倒れた。

「会長！」大男の水夫長が駆け寄った。

続けて、もう一発。弾丸が空を切って、猪狩の胴を掠って飛んだ。脇腹に焼けるような激痛が走った。防弾ベストを着けていても、当たりどころが悪ければ死ぬ。

「沼さん、援護頼みます！」

「おう、援護する」

大沼が拳銃を抜き、甲板の男に向けた。

猪狩は飛び出し、タラップの手摺りに取りついて駆け上がりはじめた。

銃声が上下で同時に起こった。甲板からの発射音と、下からの大沼の掩護射撃音だ。

猪狩は勢いよくタラップを駆け上がった。目の前にジャケット姿の男が立ちはだかり、猪狩に左手の拳銃を向けた。

「死ね、このくそデカ野郎」

猪狩は瞬間、特殊警棒を男に投げ付けた。同時にタラップのステップに身を沈めた。銃声が響き、弾丸が左肩の皮膚を切り裂いた。

特殊警棒は回転しながら、男の顔面を張り飛ばした。男はよろめいて体勢を崩した。

猪狩はすかさず男に体当たりをかけて、甲板に倒した。男は起き上がろうともがいた。

猪狩は特殊警棒を拾い上げ、強かに男の脛を打った。

男は悲鳴を上げ、脛を抱えて蹲った。

この男も見覚えがあった。インパラだ。細い目の顔面。ショートカットの髪。左利き。

ジャニーズ系のヤサ男。自動小銃を射った男だ。

「公妨、誘拐、銃刀法違反、ええい、面倒くさい、なんでもいい、現行犯逮捕だ」

猪狩は男の左腕を捻じ上げて、手錠をかけた。

「マサ、大丈夫か」

大沼がタラップを駆け上がって来た。

「沼さん、こいつも、飯島さんのヤサにいた三人組の一人でしたよ」

猪狩は細面の男を立たせた。

「そうか。しかし、こいつら、どうする？」

大沼は猪狩に周りを見ろと顎をしゃくった。

いつの間にか、銃や青龍刀（せいりゅうとう）を手にした男たち十数人が猪狩と大沼を取り囲んでいた。

目の前でキツネ目の男が拳銃を手に笑っていた。

「おい、デカさんたちよ、ふたりとも、おとなしく両手を上げて降参しな」

男たちは猪狩と大沼に拳銃を向け、青龍刀を振りかざしていた。相手は十数人もいる。

「降参しなけりゃ、女を殺す」

「なんだと！」

猪狩は拳銃に手をかけた。一瞬迷った。拳銃を抜けば、相手は撃つ。

「分かった。降参だ。マサ、おれに従え」

大沼は手を上げた。

猪狩も渋々手を上げた。男たちは猪狩と大沼の身体検査をし、拳銃や特殊警棒を取り上げた。

「沼さん」

「いいから、おれのいう通りにしろ。まずは、飯島を殺させない。あとは考える」

猪狩はキツネ目の男を睨んだ。思い出した。

「沼さん、こいつは飯島舞衣を襲った三人組のリーダーだ」

「あんときは世話になったな。今度はたっぷり礼をするぜ。覚悟するんだな」

リーダーのキツネ目の男はにんまりと笑い、猪狩から手錠の鍵も取り上げた。キツネ目は鍵を部下の一人に放った。受け取った男は、甲板に蹲っていた細面の男の手錠を解いた。

細面の男は嘲ら笑い、いきなり猪狩の鳩尾に拳を叩き込んだ。猪狩は激痛に前屈みになって堪えた。大沼は首に青龍刀を押しつけられ、身動きできずにいた。

猪狩は腹を押さえながらいった。

「飯島舞衣は、どうした？」

「大事に船室に閉じこめてあるさ」

「彼女を死なせたら、陳宇航も死ぬぞ」

「陳宇航？　誰だ、その男は？」

キツネ目は仲間の細面の男と顔を見合わせ、嘲ら笑った。猪狩はいった。

「おまえたちに林海の亡命を阻止しろと命じた中国安全部の責任者だ」

「知らないね。そんな男は。おれたちのボスは陳は陳でも、陳鶴周頭領だ。中国安全部なんて、おれたちに関係ない」

「飯島舞衣は生きているのか？」

「そう易々とは殺すはずがない。身の代金をたんまりいただかないとな」

「身の代金？　だれが払うといったのだ？」

「おまえらの政府だ。一億円のカネを払うから解放しろといっていたぜ。だから、おれたちは承諾した」

猪狩は大沼と顔を見合わせた。

そんな話は聞いていない。陳鶴周は、秘密裏に、そんな身の代金の交渉もしていたというのか？

「もし、彼女が無事ならば、おれたちに見せろ」

リーダーのキツネ目は笑った。

「そんなに、あの女に会いたいのなら会わせてやる。連れて来い」

キツネ目は男たちの一人に命じた。猪狩は驚いて訊いた。

「コンテナに閉じこめていたのではないのか?」

「カネになる大事な人質を、あんなコンテナの中に閉じこめておけるか。下手をすれば窒息してしまうじゃないか。金になる人質は無駄に死なせるわけにいかんのでな」

キツネ目はにやりと笑った。

やがて、デッキの扉が開き、男たちに連れられた飯島舞衣が現われた。ロープでぐるぐる巻きに縛られ、口にタオルで猿轡をされていた。

飯島舞衣は猪狩や大沼を見て、ほっと安堵した様子だった。

「安心したか。よし、こいつら二人も一緒に船室に戻して閉じこめておけ。こいつらも人質にして身の代金を三倍の三億円に吊り上げようぜ」

キツネ目は細面の男やほかの男たちと嬉しそうに笑った。

「こいつらも縛り上げろ」

猪狩と大沼も男たちにロープでぐるぐる巻きに縛り上げられた。

「連れていけ」

キツネ目は男たちに命じた。

男たちが騒めいた。

「どうした？」

男たちは不安そうにコンテナヤードに目をやっていた。

コンテナヤードに黒い角張った車三台が縦列のまま、猛スピードで走り込むのが見えた。いずれも軍用車仕様のベンツＳＵＶ。三台のベンツＳＵＶは東光丸の前に走り込み、縦列のまま、ぴたりと停止した。

停車すると同時に、車両の左右のドアが開き、黒いスーツに黒のソフト帽を被った男たちが降り立った。いずれも揃いのサングラスをかけている。

三台の真ん中の車から、白いスーツ姿の大柄な男が降り立った。白スーツ姿の男だけ、白いソフト帽を被っていた。白い髯を頬に生やしていて、太いステッキを手にしている。

白スーツの大男は東光丸を見上げ、黒スーツ姿の男たちに何事かいった。

「いいから、こいつらを連れて行け」

キツネ目は気を取り直して命じた。

男たちは逡巡していた。

「劉、もう止めろ」

陳鶴周の声が響いた。

タラップから水夫長の大男の肩を借りた陳鶴周が姿を現わした。

「しかし、こいつは、我々の敵、日本公安ですぜ」

「戦争は止めだ。終わったんだ」

陳鶴周は厳しい顔でいった。

劉と呼ばれたキツネ目は怒鳴り返した。

「ボス、ここまでおれたちにやらせて、終わったはないでしょう? 戦争はまだ始まったばかりですぜ」

突然、上空で爆音が大きくなった。

見上げると、一機のヘリコプターがホバリングしていた。警視庁のヘリでも神奈川県警のヘリでもない。

ヘリはみるみる高度を落とし、東光丸のデッキの上で停止し、ホバリングした。

ヘリの風(ダウンウォッシュ)が吹き下ろし、甲板の猪狩たちを翻弄(ほんろう)した。猪狩と大沼、飯島舞衣も強烈な風圧で立っておられず、甲板に蹲った。

キツネ目の劉も細面の男も甲板に屈みこみ、必死にダウンウォッシュの風圧に耐えていた。

陳鶴周も水夫長の大男に支えられながら、舷側の手摺りにしがみついていた。

甲板近くまでホバリングで降りたヘリから、二人の人影が甲板に飛び降りた。二人が降りると同時に、ヘリはまた急上昇して行った。

　風圧が急に無くなった。

　そこには、にこやかに笑うショーンと頭の後ろに手を組んだ陳宇航が立っていた。ショーンは拳銃を構えていた。

「ツオニーマー（くそったれ）」

　キツネ目の劉が立ち上がり、いきなり拳銃をショーンに向けようとした。上空で鋭い銃声が起こった。

　劉の軀が弾かれ、甲板に転がった。細面の男をはじめ、ほかの男たちは凍り付いたように動かず上空を見た。ヘリコプターに狙撃手がいた。狙撃銃が男たちに向けられている。

「武器を置け」

　ショーンは中国語で命じた。

　男たちは素直に青龍刀や拳銃を甲板に置いた。

「マサト、どうやら間に合ったようだな」

　ショーンは笑った。男たちに、猪狩や大沼、飯島舞衣の縄を解け、と命じた。

　男たちは猪狩や大沼、飯島舞衣の縄を解いた。飯島は猿轡を自分でもぎ取ると、鬼の形相をして怒鳴りちらした。

「こいつら、コンテナから私を出したと思ったら、今度は船室に閉じこめて、私を手篭めにしようとした。おまえら、十年早いっていうんだよ」

飯島はつぎつぎ男たちを引き起こし、股間を足で蹴り上げた。男たちは股間を押さえて、転げ回った。痛そう。猪狩と大沼は顔をしかめた。

「舞衣、大丈夫だったか」

大沼が駆け寄り飯島を押さえた。飯島は大沼にも食って掛かった。

「大丈夫も何もないよ。救けに来るのが遅かったじゃないの。何してたのよ。待つ身の私のことも考えてよ」

猪狩は、まだ七十二時間経っていない、と言おうとしたが、舞衣の剣幕に黙った。いまは何をいっても、舞衣の怒りの炎は消えそうにない。

ショーンは、陳宇航の手首に掛けていた手錠を解いた。

陳宇航は手首の手錠の痕を擦りながら、水夫長に抱えられた陳鶴周の許に駆け寄った。

「親父さん、申し訳ない」

陳鶴周は胸を撃たれて、出血していた。先刻、甲板の劉との銃撃戦になった時、劉の撃った弾があたったようだった。

猪狩は男たちから取り戻したポリスモードで、至急に救急車の手配を要請した。

いつの間にか、タラップに黒スーツ姿の護衛を従えた恰幅(かっぷく)のいい白スーツ姿の男が立っていた。

白スーツの男はサングラスを外し、陳鶴周に屈み込み何事かをいった。陳鶴周は白スーツの男の手を取って、しきりに感謝の言葉をいっていた。

傍らで息子の陳宇航がうなだれている。白スーツ姿の男は陳宇航の肩を優しく叩き、慰めていた。やがて、白スーツはまたサングラスをかけ直し、タラップを降りて行った。護衛の黒スーツたちも一斉に撤収をはじめた。

「何だ、あいつら」

猪狩は傍らのショーンに訊いた。ショーンは答えた。

「彼は臥龍本流の頭領中の頭領だ。念のため、私がここに来るように要請した。臥龍分派の犯した罪は、臥龍で解決してくれ、とね」

「どうなる、というのだ?」

「おそらく分派臥龍は解散、永久破門だ。解散しなかったら、全員抹殺されるという厳しい処分だ」

「陳親子は、どうなる?」

「二人とも責任を取って引退する。それが和平の条件だ。今後臥龍とは一切関係がなくなる」

「和平の条件? どういうことだ?」

「分派臥龍と本流臥龍は、世界各地で全面戦争になるところだった。それが回避されたということさ」

コンテナヤードが、また賑(にぎ)やかになった。サイレンを吹鳴させ、赤灯を回した警察車両が何十台もコンテナヤードに走り込んで来た。入れ替わるように、ベンツSUV三台の車列が出口に向かって走って行く。

ようやくコンテナヤードの封鎖がはじまったのだった。

東光丸の船橋から船長や一等航海士が心配そうに甲板やコンテナヤードの様子を見下ろしていた。

8

東京羽田空港第二ターミナルのロビーは、ようやく以前のような活気を取り戻しはじめていた。コロナウイルスの影響で、一時、航空会社の飛行機が飛ばなくなり、出発ロビーは人気(ひとけ)なく、火が消えたように静まり返っていた。それがいまは嘘のようだった。

猪狩はＶＩＰ用のゲートの前に立ち、旅行客の流れに目を凝らしていた。

隣で大沼がニコチンガムをしきりに嚙んでいた。

「旨くねえ」

さっきから大沼は何度も呟いている。

昨夜、臥龍が起こした事案は一段落し、一応終了した。終了という言葉は、決して解決したという意味ではない。ケース・クローズドとされて処理されたということで、報告書類にまとめられた。飯島舞衣が無事戻ってきただけでもよしとしよう。

左肩に受けた銃創が、いまごろになって痛み出している。事件捜査に夢中になっている時には、あまり気にならなかったが、捜査が一段落すると、肩だけでなく胸や腹、軀のどこかに受けた傷という傷が、おれがおれがと一斉に騒ぎ出していた。

川崎港湾地区の倉庫街へのローラー作戦は、かなりの成果が上がった。臥龍のアジトと見られるアパートやマンション四カ所のガサ入れができたし、臥龍のメンバーで、舘野チームを襲撃した容疑者二十三人を一網打尽にすることができた。

東光丸船上では飯島舞衣を誘拐拉致した、あの三人組を含めて十五人が逮捕された。狙撃手に撃たれた劉だけは救急病院のＩＣＵに入っているが、悪運の強いやつだから、きっと生き延びて元気に復帰して、刑務所に送られることになるだろう。

これから警察が物証と証言をもとにして、臥龍の一人ひとりの容疑を固め、検察に送ることになる。

主犯格の陳鶴周と息子宇航は、殺人教唆の共同正犯で起訴された。中国政府は、いまもって二人について沈黙したまま、何のコメントも出していない。

初めての公機捜とソトニ、警視庁機動隊、神奈川県警機動隊、捜査一課、SAT（特別攻撃チーム）の合同捜査は、あちらこちらでぶつかり、ぎくしゃくはしたが、成功裡に終わった。終わりよければすべてよし、だ。

一時、飯島舞衣警部補誘拐事案につき、ソトニが捜査一課第一特殊犯捜査と別に自分たちだけでウラ捜査本部を作り、情報を隠し独自捜査を行なったことに、警視庁本部刑事部は激怒した、だが、公安部長が刑事部長に謝罪したことで、一応刑事部の怒りを収めることができた。

今回は、公安ソトニの舘野チーム十三人が臥龍の犠牲になったことが、刑事部に考慮されたのだった。

今回の事案は、林海の亡命が主因であった。その林海の亡命を日米ばかりか、中国もまた国家秘密としたため、すべてが闇のヴェールに蔽(おお)われることになった。

一連の臥龍の攻撃事件は、ばらばらに取り扱われ、舘野チームのアジト爆破はガス爆発事故とされたのをはじめ、自動車事故、ホームからの転落事故なども普通の事故としてケースクローズした。

一部マスコミ週刊誌が嗅ぎ付けて多少動いたが、裏付けが取れず、結局御蔵になってしまった。

臥龍のソトニ攻撃は、うやむやにされたものの、林海の亡命事案はまだ終わったわけではない。

真崎理事官直属の海原チームは、林海が匿われている新宿シャングリラ会館に張り込みを続けていた。

その林海が、いよいよシャングリラ会館を出て、プライベート・ジェット機で出国するという情報が、昨夜真崎理事官の許に入ったのだった。

真崎理事官は、上司の柄沢警備局長に情報を上げ、柄沢警備局長は内閣情報官を通して官邸に上げた。

大勢の公安警察官の犠牲者を出した亡命事案の張本人である林海を、身柄も拘束せず、事情聴取もせずに、アメリカに渡るのを黙認してもいいのか？　アメリカに侵された、日本の主権は、どうなるのか？

政府部内では、日本の面子をめぐって、外務官僚と警察官僚が大激論をしたということだった。

だが、結局、マスコミでも林海の亡命については報じられておらず、日本政府が火を点けて、外交問題化するのは避けたい、中国政府に対しても、日本政府が林海の亡命にタッチしていたと思われては、痛くもない腹を探られることになりかねない。そういう判断のもと、政府はだんまりを決め込んだ。

とはいえ、真崎理事官としては、林海の行動確認を止めるわけにはいかなかった。万が一、中国政府要人の林海が日本にいる間に、再び中国安全部のエージェントに襲われて、死亡したりしたら、それこそ国際問題になりかねない。

だから、林海が出国するまで、ソトニは気が抜けないのだ。

VIPの通関ゲートに動きがあった。

『本部から、内張り各局、まもなくマル要（要人）ゲートへ入る』

海原班長の声がワイヤレスイヤフォンから聞こえた。

『1、マル要、出国ゲートに入る。異常なし』

氷川きよみ巡査部長の声が聞こえた。

『2、異常なし』

『3、異常なし、どうぞ』

内張り要員たちの報告が上がる。

林海がゲートを抜けて、出発ロビーに来れば、外張りをしている猪狩たちの出番だ。

同じ外張りをしている田所班長代理が手を上げた。警戒せよの合図だ。

猪狩と大沼は誰もいない貴賓室（きひんしつ）前の廊下を見た。廊下にはアメリカ大使館の護衛官たちとトーマス栗林の姿があった。普通の旅行客の姿は廊下の遠くに見えるだけだった。

『本部から外張り各局、状況報告せよ』

『4、ゲート付近異常なし』

田所班長代理が冷静に応える。

大沼が袖口のリップマイクに応えた。

「5から本部、異常なし。マル要、視認。見送りのアメ大要員と合流した」

『6、異常なし』

外間巡査長の声も聞こえる。

海原班長の命令があった。

『本部から1、2、3へ。内張り終了し、出口に回れ』
1、2、3各局から「了解」の応答があいついだ。
氷川きよみ巡査部長たちが、ゲートの脇を抜け、大急ぎで滑走路への出口に移動して行く。

羽田空港には、CCのプライベート・ジェット機が出口の前の駐機場で待機していた。林海が無事プライベート・ジェット機に乗り込むまでの監視と護衛が、猪狩たちの任務だった。

ゲートから、禿頭のCCこと徳田司郎が現われ、ついで太った体付きの林海が出て来た。護衛たちが手荷物を抱えている。

ゲートの出口で待ち受けたトーマス栗林がにこやかに林海を迎え、握手を交わした。二人は歩きながら何事かを話している。

「5から本部。マル要、廊下から出口への階段に入った。異常なし」

大沼が袖口のリップマイクにいった。

ここから先は、海原班長や氷川きよみ巡査部長たちの役目だ。

林海たちは階段を下り、滑走路への出口に姿を消した。

大沼がやれやれと背伸びをした。

「マサ、出発ロビーに行くか。ちゃんと出立するところまで見届けようぜ」

猪狩と大沼は警察バッヂを係員に見せ、出発ゲートをくぐって一般客のロビーに戻った。階段を駆け上がり、空港の滑走路が一望できる出発ロビーの三階に上がった。

大きな展望ガラス越しに滑走路が望める。

いましも、日航のジェット旅客機９７９型が離陸をはじめていた。

林海やトーマス栗林たちが乗り込んだ双発のプラベート・ジェット機の白い機体が誘導路から滑走路に向かってタキシングをはじめていた。

「腹立つなあ、マサ」

「ですねえ」

猪狩は手摺りに寄り掛かり、大沼と同じ思いで、プライベート・ジェット機を眺めた。

「安月給で死ぬ思いして働いても、定年になれば、ほんのお涙金でおさらばだものな」

「ですねえ」

「今回死んだ連中、何のために死んだのか知らねえやつもいたろうな。残された女房、家族が可哀相(かわいそう)でたまんねえよ」

「そうですねえ」

猪狩は臥龍に殺された公安捜査員たちを思った。彼らにも家族や人生があった。それを思うと辛い。

「死んだやつら、自分がほんとに国のためになっているのか、分かんねえだろうなあ。マサ、ほんとに国のためになるのか、おれたちのしていることってよ」

猪狩は大沼のものいいに戸惑った。公安刑事十七年のベテランが吐く言葉なのか？

「マサ、ジの刑事の方がよほど世のため、人のためになっているような気がしねえか？」

「……そうですねえ」

猪狩はこのまま公安刑事の道に進むのがいいのかどうか、少しばかり迷いが出て来たように思った。

「マサ、さっきから、ですねえ、ばっかりいっているじゃねえか。おまえは、どう思うんだ？」

「おれは、それでも……」

猪狩は、そういいかけた時、誰かに呼ばれたような気がした。下からの声だ。

「マサトーッ。マサトー」

山本麻里の声だった。

慌てて下の階を見た。山本麻里が両手を大きく振っていた。一緒に蓮見健司の姿があった。

あいつら、羽田でデートか？　こちらは仕事だというのに。

猪狩はいくぶん嫉妬を抱いた。

「沼さん、ちょっと友達がいて……」

「行ってこいや。若いときは短いんだ。海さんには、おれが何とかいっておくから」

「じゃあ、すぐに戻ります」

猪狩は駆け出した。麻里もロビーを駆け出した。

猪狩は三階から二階への階段を駆け降りた。麻里も階段を駆け上がって来た。階段の途中で、麻里は猪狩に飛び付いた。猪狩は麻里を抱き止めた。

「やっぱり、見送りに来てくれたのね。マサト」

「え、見送り？　どうして」

「え、私を見送りに来たんでしょ」

「まあ、見送りといえば見送りだけど」

猪狩は滑走路を見た。林海の乗ったプライベート・ジェット機が滑走をはじめていた。ゆっくりと離陸して行く。

「なによ、私を見送りに来たんじゃないのね」

「仕事で来ていたんだ。マル要が無事出国するのを確認に来ていた」

「なんだ、そうだったのか。喜んで損した」

麻里はふんという顔をした。

「それより、麻里は旅行の支度をして、どこへ行くんだ？」

「いったでしょう。アメリカへＦＢＩの研修に行くことが急に決まったのよ」

「え、ほんとか。どうして、おれに報せてくれなかったんだ？」

「知らせたよ。一週間前から毎日メールを打ったし、電話も掛けた。留守電にも吹き込んでおいた。どうして、メールの返事もくれないし、電話も掛けてくれなかったの？」

麻里は子供のように膨れっ面をした。蓮見健司が近付いた。

「そうだよ。おれも麻里に頼まれ、おまえに電話をした。だけど、ほんとおまえ、捉まらないな。寮にも戻っていないようだし」

「いけねえ。個人用のケータイは寮の部屋に置きっぱなしだったんだ。捜査に持ち歩くのは、ポリスモードと公用のケータイの二台だけだった」

猪狩は頭を掻いた。

「なんだ、寮に戻ってないんだ？」

「うん。だから、ここんとこ訓練続きで風呂にもろくに入っていない」

麻里は猪狩の軀をくんくんと鼻で嗅いだ。

「ほんとだ。汗くさい。でも女の匂いはしない」

「おれ、そんなに臭うか」

猪狩は自分の腕の匂いを嗅いだ。いくぶん汗の臭いはする。あとは、抱きついた麻里の体の匂いがほんのりするくらいだった。

「うん、匂う。でも、マサトの匂いだ」

「こうと知っていたら、どこかで風呂に入ってくればよかった」猪狩は頭を掻いた。

「麻里、そろそろ搭乗時刻だぞ」

蓮見健司が脇から告げた。搭乗を促すアナウンスが流れていた。

「もう、そんな時刻？」

麻里はちらりと腕時計に目をやった。

「搭乗時刻十分前だ」

「マサト、もう一度抱いて」

「うん」

猪狩は麻里を優しく抱き寄せた。

「ぎゅっとだよ、ぎゅっと。そして、私を離さないで。でないと私、マサトを忘れてしまうかも知れない」

猪狩は麻里をきつく抱き締めた。離さない。だれにも渡さない。誠人は心の中で叫んだ。

「……く、苦しい」

麻里はもがいた。誠人は麻里を離した。

「ほんとに苦しかった。でも、うれしかった。これで一年離れていても大丈夫。マサトを忘れない」

「おい、麻里、最終案内だぞ」

蓮見健司がいった。

「おれもゲートまで見送る」

誠人は麻里の手を握って走り出した。

出発ゲートの前で、蓮見健司が持っていたキャリーバッグを麻里に手渡した。

「麻里、いったろう？　きっと誠人は現われるって。あきらめるなって」

「ケンジ、ありがとう。あなたのいった通りだった」

「何がいった通りなんだ？」

誠人が訊いた。麻里は笑った。

「なんでもない。じゃあ、行ってくる」

麻里は誠人の手を握り、背伸びして、誠人の頰に軽くキスをした。

「おれにも」

蓮見健司が屈み、頬を出した。麻里は蓮見健司の頬にもキスをした。

「ありがと。ほんと。マサトが現われて運命を感じた」

「だろう？　悔しいけど」

蓮見健司は麻里を優しくハグをした。

麻里は誠人に向き直った。

「おれにも」

誠人は両手を拡げた。

「だめ。さっき、あんなに抱き締めて貰ったから、ハグすると消えてしまう。じゃあね」

麻里は手を上げた。誠人はハイタッチをした。麻里は健司ともハイタッチをすると、くるりと踵を返し、急ぎ足で出国ゲートに入って行った。

手荷物のX線検査をする間も、麻里は何度も誠人と健司を振り向き、手を振っていた。

やがて、麻里の姿は旅客に紛(まぎ)れて消えた。

「一年か、長いな」

誠人は呟いた。蓮見健司が笑った。

「なんだよ、たった一年だぜ。もっとも、麻里のやつ、研修はもっと延びるかも知れないといっていたが」

「淋しくなるな」

「元気出せ、マサト」

蓮見健司は猪狩の肩をどんと叩いた。

「痛いッ」

猪狩は大げさに叫んだ。銃創のある肩に、びりびりと電気が走るような痛みを覚えた。

その痛みが快かった。

（第二部了）

謀殺同盟

一〇〇字書評

切り取り線

購買動機（新聞、雑誌名を記入するか、あるいは○をつけてください）

□（　　　　　　　　　　　　）の広告を見て
□（　　　　　　　　　　　　）の書評を見て
□ 知人のすすめで　　□ タイトルに惹かれて
□ カバーが良かったから　　□ 内容が面白そうだから
□ 好きな作家だから　　□ 好きな分野の本だから

・最近、最も感銘を受けた作品名をお書き下さい

・あなたのお好きな作家名をお書き下さい

・その他、ご要望がありましたらお書き下さい

住所	〒				
氏名		職業		年齢	
Eメール	※携帯には配信できません	新刊情報等のメール配信を 希望する・しない			

この本の感想を、編集部までお寄せいただけたらありがたく存じます。今後の企画の参考にさせていただきます。Eメールでも結構です。

いただいた「一〇〇字書評」は、新聞・雑誌等に紹介させていただくことがあります。その場合はお礼として特製図書カードを差し上げます。

前ページの原稿用紙に書評をお書きの上、切り取り、左記までお送り下さい。宛先の住所は不要です。

なお、ご記入いただいたお名前、ご住所等は、書評紹介の事前了解、謝礼のお届けのためだけに利用し、そのほかの目的のために利用することはありません。

〒一〇一‐八七〇一
祥伝社文庫編集長　坂口芳和
電話　〇三（三二六五）二〇八〇

祥伝社ホームページの「ブックレビュー」からも、書き込めます。
http://www.shodensha.co.jp/bookreview/

祥伝社文庫

ソトゴト　謀殺同盟（ぼうさつどうめい）

令和２年６月20日　初版第１刷発行

著者　森　詠（もり　えい）
発行者　辻　浩明
発行所　祥伝社（しょうでんしゃ）
東京都千代田区神田神保町3-3
〒101-8701
電話　03（3265）2081（販売部）
電話　03（3265）2080（編集部）
電話　03（3265）3622（業務部）
www.shodensha.co.jp
印刷所　堀内印刷
製本所　積信堂
カバーフォーマットデザイン　芥　陽子

 ISBN978-4-396-34637-9 C0193

祥伝社文庫の好評既刊

森 詠　**ソトゴト 公安刑事**

正義感ゆえの独断と暴走——。熱く、まっすぐな公安捜査員・猪狩誠人が、陰謀渦巻く外事案件に挑む！

森 詠　**黒の機関**　戦後、「特務機関」はいかに復活したか

戦後、平和憲法を持ち、民主国家へと変貌を遂げたはずの日本の裏側で、暗躍する情報機関の実態とは！

笹沢左保　**金曜日の女** 新装版

この物語を読み始めたその瞬間から、あなたは「金曜日の女」に騙されている。自分勝手な恋愛ミステリー。

笹沢左保　**白い悲鳴** 新装版

愛憎、裏切り、復讐……殺人の陰に潜む哀しい人間模様を描く。意表突くどんでん返しの、珠玉のミステリー集。

門田泰明　**ダブルミッション㊤**

東京国税局査察部査察官・多仁直文。偶然目撃した轢き逃げが、やがて政財界の黒い企みを暴く糸口となる！

門田泰明　**ダブルミッション㊦**

No.1査察官・多仁らによって暴かれる巨大企業の暗部。海外をも巻き込む巨大な陰謀の真相とは？

〈祥伝社文庫　今月の新刊〉

梓林太郎
博多　那珂川殺人事件
旅行作家・茶屋次郎の事件簿
病床から消えた元警官。揉み消された過去が明らかになったとき、現役警官の死体が！

西村京太郎
十津川警部シリーズ　**古都千年の殺人**
京都市長に届いた景観改善要求の脅迫状――。十津川警部が無差別爆破予告犯を追う！

森　詠
ソトゴト　謀殺同盟
公安の作業班が襲撃され、一名が拉致される。七十二時間以内の救出命令が、猪狩に下る。

小杉健治
偽証（ぎしょう）
誰かを想うとき、人は嘘をつく――。静かな筆致で人の情を描く、傑作ミステリー集。

小路幸也
マイ・ディア・ポリスマン
〈東楽観寺前交番〉、本日も異常あり？　凄ワザ自慢の住人たちの、ハートフルミステリー。

三好昌子
むじな屋語蔵（かたりぐら）　**世迷い（よまよ）蝶次**
〝秘密〟を預かる奇妙な商いには、驚きと喜びが。重荷を抱えて生きる人に寄り添う物語。

黒崎裕一郎
必殺闇同心　隠密狩り　新装版
阿片はびこる江戸の町で高笑いする黒幕に、〈闇の殺し人〉直次郎の撃滅の刃が迫る！

稲田和浩
豪傑　岩見重太郎
決して諦めない男、推参！　七人対三千人の仇討ち！　講談のスーパーヒーロー登場！

岩室　忍
信長の軍師外伝　**家康の黄金**
家康に九千万両を抱かせた男、大久保長安。江戸幕府の土台を築いた男の激動の生涯とは？